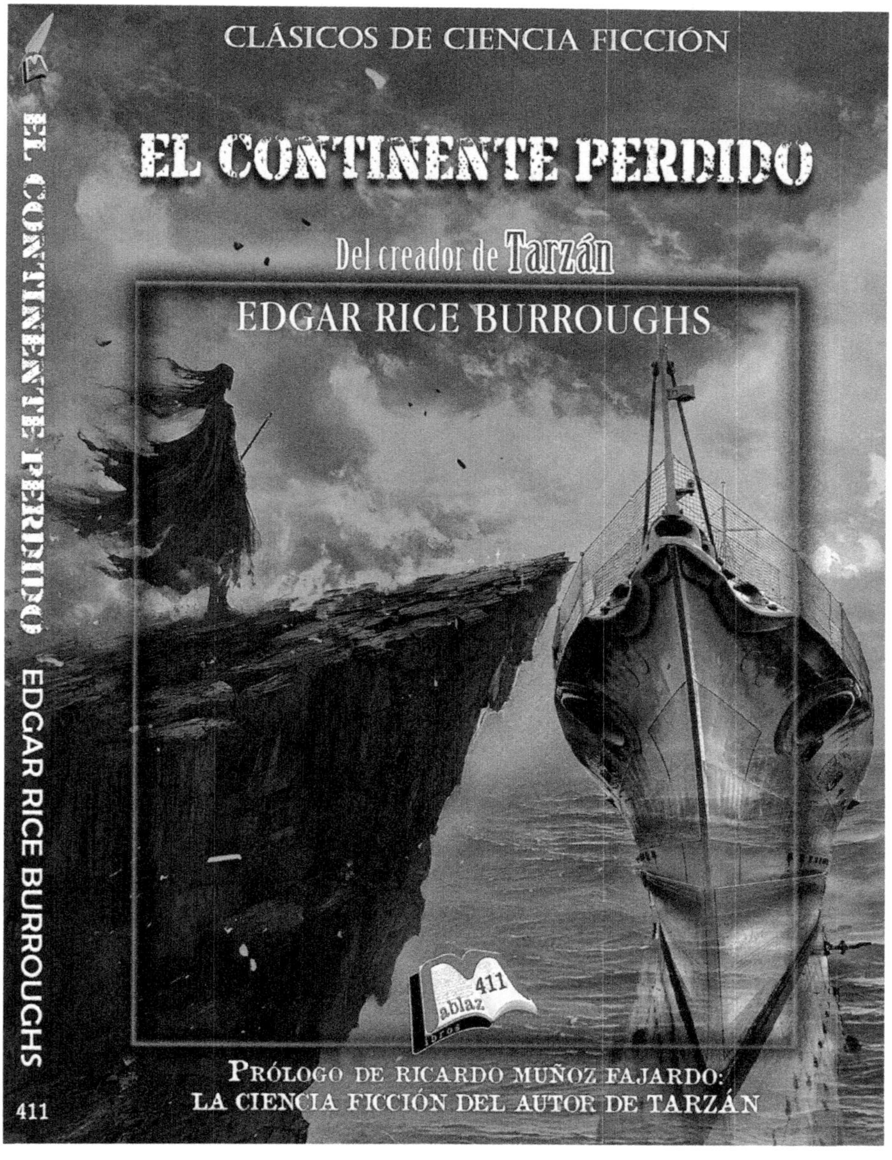

CLÁSICOS DE CIENCIA FICCIÓN

EL CONTINENTE PERDIDO

Del creador de Tarzán

EDGAR RICE BURROUGHS

411
ablaz

PRÓLOGO DE RICARDO MUÑOZ FAJARDO:
LA CIENCIA FICCIÓN DEL AUTOR DE TARZÁN

Ciencia Ficción y Fantasía - 148

El continente perdido
Primera Edición, agosto de 2025

© De esta edición, Libros Mablaz, Madrid, 2025
www.librosmablaz.com

blogs:
Editorial Libros Mablaz
https://www.facebook.com/groups/530547690292189/
Librería en Todocolección:
**https://www.todocoleccion.net/s/catalogo?identificadorvende
dor=LibrosMablaz**

Diseño de cubiertas: Mari Carmen López

ISBN: 979-13-990418-9-7
Depósito Legal: M-19323-2025

LIBROS MABLAZ - 411

EL CONTINENTE PERDIDO

(o Más allá de los treinta)

Edgar Rice Burroughs

PRÓLOGO:
La ciencia ficción del autor de Tarzán

Edgar Rice Burroughs es universalmente conocido por ser el creador de Tarzán. De este personaje llegó a escribir veinticuatro libros.

Tarzán, la existencia de un hombre blanco sobreviviente de un accidente de aviación producido cuando él aún era un bebé, creado por monos y... que consigue llegar a la edad adulta convertido en rey de la selva, ¿no tiene algo de fantástico, incluso de ciencia ficción?

Cuestión de opiniones. Lo cierto es que, contrariamente a lo que puedan imaginar los lectores de estos libros o visores de las múltiples películas que sobre las andanzas del personaje se han estrenado en la gran pantalla, Edgar Rice fue, más que nada, un autor de ciencia ficción.

Así lo demuestran las sagas que realizó sobre el género, además de algunas novelas no encuadradas en ninguna de ellas.

La serie marciana, también conocida como de Barsoom o de John Carter, consta de once libros que, como se puede suponer por el nombre que recibió, se desarrolla en el planeta rojo —*Una princesa de Marte* (1912); *Los dioses de Marte* (1913); *El señor de la guerra de Marte* (1914); *Thuvia, doncella de Marte* (1916); *Las piezas de ajedrez de Marte* (1922); *La mente maestra de Marte* (1927); *Un hombre combatiente de Marte* (1930); *Espadas de Marte* (1934); *Hombres sintéticos de Marte*

(1939); *Llana de Gathol* (1941) y *John Carter de Marte* (1940 y 1943).

La Serie Pellucidar o de La tierra hueca, consta de siete libros: *En el núcleo de la Tierra* (1914); Pellucidar (1915); *Tanar de Pellucidar* (1929); *Tarzán en el núcleo de la Tierra* (1929); *Regreso a la Edad de Piedra* (1937); *Tierra de terror* (1944, escrita en 1939) y *Savage Pellucidar* (1963, cuentos de 1942).

La Serie Venus se desarrolló en cinco libros: *Piratas de Venus* (1932); *Perdido en Venus* (1933); *Carson de Venus* (1938); *Escape en Venus* (1946, relatos de 1941 a 1942); *El mago de Venus* (1970, escrita en 1941).

Las series Mucker —*El Mucker* (1914); *El regreso del Mucker* (1916) y *El caso Oakdale* (1918)—, Caspak —*La tierra que el tiempo olvidó* (1918); *La gente que el tiempo olvidó* (1918) y *Fuera del abismo del tiempo* (1918)— y de la Luna —*La doncella lunar* (1923); *Los hombres de la luna* (1925) y *El Halcón Rojo* (1925) son trilogías.

Novelas que se pueden denominar sueltas, valga la expresión son *Los hombres monstruo* (1913), *El continente perdido* (1916; también conocida como *Más allá de los treinta*), *La resurrección de Jimber-Jaw* (1937) y *Más allá de la estrella más lejana* (1942).

El Continente Perdido, que es libro que sigue a este prólogo, se publicó originalmente con el título *Más allá de los treinta* en el diario neoyorquino The Evening World del 15 al 20 de noviembre de 1915. La primera edición en una revista fue en All Around Magazine, un año después. El cambio de título se produjo en una re-edición del año 1963, nombre que se ha mantenido hasta el presente.

El Continente Perdido no difiere apenas del estilo de Burroughs. El protagonista en un héroe con todas las palabras: valiente, fuerte y de pulcros ideales, con princesas a las que hay que salvar, alimañas a las que abatir, un mundo decadente y en ruinas, etcétera.

La acción se produce en la Tierra, lo que diferencia de los escenarios espaciales o escondidos dentro de esta, amparada por el transcurso de la Gran Guerra en Europa, al que el autor presenta como un continente en profunda decadencia, aumentada hasta un límite irreversible porque la conflagración se extiende durante muchos años, décadas incluso.

Estados Unidos, al contrario de lo que ocurrió en la realidad histórica, se mantiene neutral e incluso da la espalda al conflicto y se desentiende de él, hasta el punto que corta todo tipo de relación con sus habituales aliados europeos, realizando un bloqueo a partir de los meridianos 30 y 175 oeste, de ahí el título original.

Pasan dos siglos y la acción se traslada al año 2137, cuando un oficial al mando de un buque atraviesa esa línea prohibida y acaba llegando a Gran Bretaña, que se encuentra, como el resto de Europa, retrotraída a tiempos anteriores a la civilización existente antes del comienzo de la guerra.

Ricardo Muñoz Fajardo

Edgar Rice Burroughs
The Lost Continent

1

Desde mi más tierna infancia me ha fascinado extrañamente el misterio que rodea la historia de los últimos días de la Europa del siglo XX. Mi interés más intenso, quizás, no se centra tanto en los hechos conocidos como en la especulación sobre lo incognoscible de los dos siglos transcurridos desde el cese de las relaciones humanas entre los hemisferios occidental y oriental: el misterio del estado de Europa tras el fin de la Gran Guerra, siempre que, por supuesto, la guerra hubiera terminado.

De la escasez de nuestras historias censuradas aprendimos que durante quince años después del cese de las relaciones diplomáticas entre los Estados Unidos de América del Norte y las naciones beligerantes del Viejo Mundo, noticias de autenticidad más o menos dudosa se filtraron, de tiempo en tiempo, al hemisferio occidental desde el oriental.

Entonces llegó el fruto de esa propaganda histórica que se describe mejor por su propio lema: "El Este para el Este, el Oeste para el

Oeste", y todas las relaciones posteriores fueron interrumpidas por ley.

Incluso antes de esto, el comercio transoceánico prácticamente había cesado debido a los peligros y riesgos de las aguas minadas de los océanos Atlántico y Pacífico. Desconocemos cuándo cesaron las actividades submarinas, pero el último buque de este tipo avistado por un mercante panamericano fue el enorme Q 138, que disparó veintinueve torpedos contra un vapor tanque brasileño frente a las Bermudas en el otoño de 1972. La mar gruesa y la excelente marinería del capitán del brasileño permitieron al panamericano escapar e informar sobre este último de una larga serie de atentados contra nuestro comercio. Solo Dios sabe cuántos cientos de nuestros antiguos barcos cayeron presa de los tiburones de acero errantes de la Europa enloquecida. Innumerables fueron los buques y los hombres que cruzaron nuestros horizontes orientales y occidentales para no regresar jamás; pero si encontraron su destino ante los tubos de escape de los submarinos o entre los campos de minas a la deriva, nadie sobrevivió para contarlo.

Y luego vino la gran Federación Panamericana, que unió al hemisferio occidental de polo a polo bajo una sola bandera, que unió a las armadas del Nuevo Mundo en la fuerza de combate más poderosa que jamás haya navegado los siete mares: el mayor argumento a favor de la paz que el mundo haya conocido jamás.

Desde ese día, la paz ha reinado desde las costas occidentales de las Azores hasta las costas occidentales de las islas hawaianas, y ningún hombre de ninguno de los dos hemisferios se ha atrevido a cruzar los 30°O ni los 175°O. De 30° a 175° es nuestro; de 30° a 175° es paz, prosperidad y felicidad.

Más allá estaba lo desconocido. Ni siquiera las geografías de mi infancia nos mostraban nada más allá. No nos enseñaban nada más allá. Se desalentaba la especulación. Durante doscientos años, el hemisferio oriental había sido borrado de los mapas e historias de Panamérica. Incluso su mención en la ficción estaba prohibida.

Nuestros barcos de paz patrullan treinta y ciento setenta y cinco. Solo los archivos secretos del gobierno revelan qué barcos del exterior han advertido; pero, como oficial naval, he deducido de las observaciones del servicio que han pasado doscientos años desde que se avistó humo o velas al este de 30° o al oeste de 175°. Solo podemos especular sobre el destino de las provincias abandonadas que se encuentran más allá de las fronteras. Que fueran tomadas por el poder militar, que surgió tan repentinamente en China tras la caída de la república, y que arrebató Manchuria y Corea a Rusia y Japón, y también absorbió las Filipinas, es totalmente posible.

Fue el comandante de un buque de guerra chino quien recibió una copia del edicto de 1972 de mano de mi ilustre antepasado, el almirante Turck, hace ciento setenta y cinco, doscientos seis años, y por las páginas amarillentas del diario del almirante supe que el destino de Filipinas fue presagiado ya entonces por estos oficiales navales chinos.

Sí, durante más de doscientos años ningún hombre cruzó los 30° a 175° y vivió para contar su historia; no hasta que la casualidad me llevó a cruzar y regresar, y la opinión pública, rebelándose finalmente contra las drásticas regulaciones de nuestros antepasados hace mucho tiempo muertos, exigió que mi historia fuera contada al mundo, y que el estrecho interdicto que ordenaba que la paz, la prosperidad y la felicidad se detuvieran en los 30° y 175° fuera eliminado para siempre.

Me alegro de que me haya sido concedido ser un instrumento en manos de la Providencia para la elevación de la ignorancia de Europa y la mejora del sufrimiento, la degradación y la abismal ignorancia en que la encontré.

No viviré para ver la regeneración completa de las hordas salvajes del hemisferio oriental; es una obra que requerirá muchas generaciones, quizá siglos, tan completa ha sido su regresión al salvajismo; pero sé que la obra ha comenzado y estoy orgulloso de la parte que mis generosos compatriotas han puesto en mis manos.

El gobierno ya posee un informe oficial completo de mis aventuras después de los treinta. En la narración, me propongo contar mi historia con un estilo menos formal y, espero, más ameno; sin embargo, al ser solo un oficial de la marina y sin la más mínima habilidad literaria, sin duda me quedaré muy lejos de las posibilidades inherentes a mi tema. El hecho de haber vivido las aventuras más asombrosas que le han sucedido a un hombre civilizado durante los últimos dos siglos me anima a creer que, por muy mal narrado que esté, los hechos en sí mismos captarán su interés hasta la última página.

¡Más allá de los treinta! Romance, aventura, pueblos extraños, bestias temibles... toda la emoción y el ajetreo de la vida de los antiguos del siglo XX que nos han sido negados en estos días grises de paz y prosaica prosperidad... todo, todo se encontraba más allá de los treinta, la barrera invisible entre el presente estúpido y comercial y el pasado despreocupado y bárbaro.

¿Qué niño no ha suspirado por los buenos tiempos de guerras, revoluciones y disturbios? ¡Cuánto me detenía en las crónicas de aquellos viejos tiempos, aquellos queridos tiempos, cuando los obreros iban armados a sus labores; cuando se atacaban unos a otros con fusiles, bombas y puñales, y las calles se teñían de sangre! Ah, pero aquellos eran los tiempos en que la vida valía la pena; cuando un hombre que salía de noche no sabía en qué rincón oscuro podría saltarle un bandido y matarlo; cuando las fieras vagaban por los bosques y las selvas, y había hombres salvajes y países aún inexplorados.

Hoy en día, en todo el hemisferio occidental no vive hombre que no pueda encontrar una escuela a una distancia caminable de su casa, o al menos a una distancia que pueda volar.

La bestia más salvaje que vaga por nuestros desiertos coloca guaridas en el norte helado o en el sur helado dentro de una reserva gubernamental, donde los curiosos pueden observarla y alimentarla con cortezas de pan de la mano con perfecta impunidad.

¡Pero más allá de los treinta! Y he ido allí y he regresado; y ahora tú puedes ir allí, pues ya no es alta traición, castigada con la desgracia o la muerte, cruzar los 30° o los 175°.

Me llamo Jefferson Turck. Soy teniente de la Armada, de la gran Armada Panamericana, la única armada que existe actualmente en el mundo.

Nací en Arizona, en los Estados Unidos de Norteamérica, en el año de nuestro Señor 2116. Por lo tanto, tengo veintiún años.

De niño, me cansé de las ciudades abarrotadas y los distritos rurales superpoblados de Arizona. Cada generación de turcos durante más de dos siglos ha estado representada en la marina. La marina me llamaba, al igual que los espacios libres, amplios y despoblados de los imponentes océanos. Así que me uní a la marina, ascendiendo de rango, como todos debemos hacer, aprendiendo nuestro oficio a medida que avanzamos. Mi ascenso fue rápido, pues mi familia parece heredar la tradición naval. Somos oficiales natos, y no me reservo ningún mérito especial por haber ascendido tempranamente en el servicio.

A los veinte años me convertí en teniente al mando del aerosubmarino Coldwater, de la clase SS-96. El Coldwater fue una de las primeras aeronaves y submarinos que mejoró notablemente desde su botadura, y presentaba innumerables puntos débiles que, afortunadamente, se han solucionado en buques similares más recientes.

Incluso cuando tomé el mando, ella sólo era apta para el montón de chatarra; pero la parsimonia mundial del gobierno la mantuvo en servicio activo y envió a doscientos hombres al mar en ella, conmigo, un simple muchacho, a su mando, para patrullar treinta desde Islandia hasta las Azores.

Gran parte de mi servicio transcurrió a bordo de los grandes buques mercantes de guerra. Estos son los buques utilitarios que han transformado las armadas de antaño, que gravaban a los pueblos con impuestos para su manutención, en las flotas actuales de barcos autosuficientes que encuentran tiempo de sobra para prácticas de tiro y ejercicios de artillería mientras transportan mercancías y correo desde los continentes a la lejana isla de Panamérica.

Este cambio de servicio fue muy bien recibido por mí, especialmente porque traía consigo codiciadas responsabilidades de mando único, y yo era propenso a pasar por alto las deficiencias del Coldwater por el orgullo natural que sentía por mi primer barco.

El Coldwater estaba completamente equipado para dos meses de patrullaje (la duración habitual de una asignación a este servicio) y ya había pasado un mes, sin que la monotonía se viera aliviada por la vista de otra embarcación, cuando ocurrió la primera de nuestras desgracias.

Habíamos estado capeando una tormenta a una altitud de unos tres mil pies. Toda la noche flotamos sobre las agitadas nubes de las nubes iluminadas por la luna. El estallido de los truenos y el resplandor de los relámpagos a través de alguna grieta ocasional en la pared de vapor proclamaban la continua furia de la tempestad sobre la superficie del mar; pero nosotros, muy por encima de todo, navegábamos con relativa tranquilidad sobre el vendaval superior. Con la llegada del amanecer, las nubes bajo nosotros se convirtieron en un glorioso mar de oro y plata, suave y hermoso; pero no pudieron engañarnos respecto a la negrura y los terrores del océano azotado por la tormenta que ocultaban.

Estaba desayunando cuando mi ingeniero jefe entró y saludó. Tenía el rostro serio, y me pareció que estaba incluso un poco más pálido de lo habitual.

"¿Y bien?", pregunté.

Se pasó nerviosamente el dorso del dedo índice por la frente, en un gesto que era habitual en él en momentos de estrés mental.

"Los generadores de la pantalla gravitacional, señor", dijo. "El número uno se estropeó hace una hora y media. Hemos estado trabajando en él sin parar desde entonces; pero debo informarle, señor, que no tiene reparación".

"El número dos nos mantendrá abastecidos", respondí. "Mientras tanto, enviaremos una radio para relevo".

"Pero ese es el problema, señor", continuó. "El número dos se ha parado. Sabía que vendría, señor. Hice un informe sobre estos generadores hace tres años. Entonces aconsejé que ambos se desguazaran. Su principio es completamente erróneo. Están perdidos". Y, con una sonrisa sombría, "Al menos tendré la satisfacción de saber que mi informe era preciso".

"¿Tenemos suficiente reserva de protección para poder desembarcar o, al menos, encontrarnos con nuestro relevo a mitad de camino?", pregunté.

"No, señor", respondió con gravedad; "nos estamos hundiendo ahora".

"¿Tienes algo más que contarnos?", pregunté.

"No, señor", dijo.

"Muy bien", respondí; y, al despedirlo, llamé a mi operador de radio. Cuando apareció, le di un mensaje al secretario de la Marina, a quien todos los buques en servicio en las rutas treinta y ciento setenta y cinco deben reportarse directamente. Le expliqué nuestra situación y le dije que, con la fuerza de protección restante, debía continuar en el aire, avanzando lo más rápido posible hacia St. Johns, y que, cuando nos viéramos obligados a navegar, debía continuar en la misma dirección.

El accidente ocurrió justo entre los 30° y los 52° N. El viento en superficie soplaba con fuerza desde el oeste. Intentar capear semejante tormenta en la superficie parecía un suicidio, ya que el Coldwater no estaba diseñado para la navegación en superficie, salvo en condiciones de buen tiempo. Sumergido o en el aire, era bastante manejable en cualquier condición meteorológica cuando estaba bajo control; pero sin sus generadores de pantalla, estaba prácticamente indefenso, ya que no podía volar y, si estaba sumergido, no podía ascender a la superficie.

Todos estos defectos fueron remediados en modelos posteriores; pero el conocimiento no nos ayudó en nada ese día a bordo del Coldwater que se calmaba lentamente , con un mar furioso rugiendo debajo, una tempestad rugiendo desde el oeste y 30° a solo unos pocos nudos a popa.

Cruzar los treinta o los ciento setenta y cinco ha sido, como saben, la peor calamidad que le podía sobrevenir a un comandante naval. El juicio militar y la degradación le siguen rápidamente, a menos que, como suele ocurrir, el desafortunado se quite la vida antes de que esta injusta y despiadada regulación pueda exponerlo al escarnio público.

No ha habido en el pasado ninguna excusa, ninguna circunstancia, que pudiera paliar la ofensa.

"¡Él estaba al mando y llevó su barco a través de treinta millas!", Eso fue suficiente. Puede que no fuera culpa suya, ya que, en el caso del Coldwater, no se me podría haber imputado con justicia que los generadores de la pantalla gravitacional no servían; pero sabía muy bien que si por casualidad nos viésemos obligados a cruzar treinta millas hoy, como fácilmente podría ocurrir ante el terrible viento del oeste que oíamos aullar abajo, la responsabilidad recaería sobre mis hombros.

En cierto modo, la regulación fue buena, pues sin duda logró su propósito. Todos luchamos a menos de 30° al este y 175° al oeste, y, aunque tuvimos que bordearlos bastante cerca, solo un caso fortuito nos hizo cruzar. Todos conocen la tradición naval de que un buen oficial podía percibir la proximidad de cualquiera de las dos líneas, y por mi parte, estoy firmemente convencido de ello, como de que la brújula encuentra el norte sin recurrir a tediosos razonamientos.

El viejo almirante Sánchez solía afirmar que podía oler la ola treinta, y los hombres del primer barco en el que navegué afirmaban que Coburn, el oficial de navegación, conocía por nombre cada ola a lo largo de la ola treinta desde los 60° N hasta los 60° S. Sin embargo, no me atrevería a asegurarlo.

Bueno, volviendo a mi relato, seguimos descendiendo lentamente hacia la superficie mientras resistíamos al viento del oeste, alejándonos de los treinta tan rápido como podíamos. Yo estaba en el puente, y mientras descendíamos de la brillante luz del sol al denso vapor de las nubes y a través de ellas hacia las oscuras y salvajes capas de tormenta que se extendían debajo, me pareció que mi ánimo decayó con el barco que se hundía, y la esperanza se desvaneció ante la compasión.

Las olas alcanzaban alturas tremendas, y el Coldwater no estaba diseñado para enfrentarlas de frente. Sus elementos eran el éter azul, muy por encima de la furiosa tormenta, o las mayores profundidades del océano, que ninguna tormenta podía agitar.

Mientras especulaba sobre nuestras posibilidades una vez que nos acomodáramos en la terrible vorágine que se extendía bajo nosotros, y al mismo tiempo calculaba mentalmente las horas que debían transcurrir antes de que pudiera llegar la ayuda, el operador de radio subió por la escalerilla hasta el puente y, despeinado y sin aliento, se presentó ante mí para saludarme. Bastaba una mirada para asegurarme de que algo andaba mal.

"¿Y ahora qué?", pregunté.

—¡La radio, señor! —gritó—. ¡Dios mío, señor, no puedo enviar!

"¿Pero el equipo de emergencia?", pregunté.

—Lo he intentado todo, señor. He agotado todos los recursos. No podemos enviar —se irguió y volvió a saludar.

Lo despedí con unas palabras amables, pues sabía que no era culpa suya que el mecanismo fuera anticuado e inservible, al igual que el resto del equipo del Coldwater. No había mejor operador en Pan-America que él.

El fallo de la radio no me pareció tan trascendental como a él, lo cual no es extraño, pues es humano sentir que cuando nuestro pequeño engranaje falla, el universo entero se descontrola. Sabía que si esta tormenta estaba destinada a llevarnos a través de treinta kilómetros o a hundirnos en el océano, ninguna ayuda podría llegar a tiempo para evitarlo. Había ordenado el envío del mensaje únicamente porque así lo exigían las normas, y no con la esperanza de que pudiéramos beneficiarnos de él en nuestra situación tan extrema.

Tuve poco tiempo para reflexionar sobre la coincidencia de la falla simultánea de la radio y los generadores de flotabilidad, ya que poco después el Coldwater había descendido tanto que toda mi atención se centró necesariamente en la delicada tarea de asentarse sobre las olas sin romper la espaldilla de mi barco. Con nuestros generadores de flotabilidad en funcionamiento, habría sido sencillo entrar en el agua, ya que entonces habría sido solo cuestión de una nimiedad sumergirse cuarenta y cinco grados en la base de una ola enorme. Nos habríamos adentrado en el agua como un cuchillo caliente en la mantequilla, y nos habríamos sumergido por completo con apenas una sacudida —lo he hecho miles de veces—, pero no me atreví a sumergir el Coldwater por temor a que permaneciera sumergido para siempre, una condición poco propicia para la longevidad del comandante o la tripulación.

La mayoría de mis oficiales eran hombres mayores que yo. John Álvarez, mi primer oficial, me llevaba veinte años. Estuvo a mi lado en el puente mientras el barco se deslizaba cada vez más cerca de esas imponentes olas. Observaba cada uno de mis movimientos, pero era un oficial y caballero demasiado refinado como para avergonzarme con comentarios o sugerencias.

Cuando vi que pronto tocaríamos tierra, ordené que el barco virara de costado contra el viento, y allí nos mantuvimos un momento hasta que una enorme ola se alzó y nos atrapó en su cresta. Entonces di la orden que invirtió repentinamente la fuerza de protección y nos dejó entrar en el océano. Nos adentramos en la depresión, revolcándonos como el cadáver de una ballena muerta, y entonces comenzó la lucha, con timón y hélices, para obligar al Coldwater a retroceder contra el vendaval y empujarlo más y más lejos, cada vez más lejos de los implacables treinta.

Pienso que hubiéramos tenido éxito, aun cuando el barco se vio sacudido de proa a popa por los tremendos embates que recibió, y aunque estuvo medio sumergido la mayor parte del tiempo, si no nos hubiera ocurrido ningún otro accidente.

Avanzamos, aunque lentamente, y parecía que íbamos a salir adelante. Álvarez no se separó de mí en ningún momento, aunque casi le ordené que bajara a descansar, lo cual era muy necesario. Mi segundo oficial, Porfirio Johnson, también estaba a menudo en el puente. Era un buen oficial, pero un hombre por el que sentí una aversión bastante irrazonable casi desde el primer momento en que lo conocí, aversión que no disminuyó al saber, posteriormente, que veía con envidia mi rápido ascenso. Era diez años mayor que yo, tanto en años como en servicio, y creo que jamás olvidaría que había sido oficial cuando yo era un aprendiz novato.

A medida que se hacía cada vez más evidente que el Coldwater, bajo mi mando, capeaba la tempestad y prometía salir airoso, habría jurado que percibí una sombra de fastidio y decepción creciendo en su sombrío rostro. Finalmente, abandonó el puente y bajó. No sé si él es directamente responsable de lo que ocurrió tan poco después; pero siempre he tenido mis sospechas, y Álvarez es aún más propenso a culparlo a él que a mí.

Eran alrededor de las seis campanadas de la guardia matutina cuando Johnson regresó al puente tras una ausencia de unos treinta minutos. Parecía nervioso e incómodo, algo que en aquel momento no me impresionó mucho, pero que tanto Álvarez como yo recordamos posteriormente.

Apenas tres minutos después de su reaparición a mi lado, el Coldwater comenzó a perder velocidad repentinamente. Tomé el teléfono que tenía a mi lado y pulsé el botón que llamaría al jefe de máquinas al instrumento en las entrañas del barco, solo para encontrarlo ya al auricular, intentando contactarme.

"Los motores uno, dos y cinco se han averiado, señor", gritó. "¿Forzamos a los tres restantes?"

"No podemos hacer nada más", grité en el transmisor.

—No soportarán el arpón, señor —respondió.

"¿Puedes sugerirme un plan mejor?", pregunté.

"No, señor", respondió.

—Entonces dales el garfio, teniente —grité, y colgué el auricular.

Durante veinte minutos, el Coldwater arrolló el mar embravecido con sus tres motores. Dudo que avanzara un metro; pero fue suficiente para mantener la proa al viento y, al menos, no nos desviábamos hacia los treinta.

Johnson y Álvarez estaban a mi lado cuando, sin previo aviso, la proa giró rápidamente y el barco cayó en el valle del mar.

"Los otros tres se han ido", dije, y casualmente estaba mirando a Johnson mientras hablaba. ¿Era la sombra de una sonrisa satisfecha la que se dibujaba en sus finos labios? No lo sé; pero al menos no lloró.

"Siempre ha sentido curiosidad, señor, por lo desconocido que hay más allá de los treinta", dijo. "Va por buen camino para satisfacer su curiosidad". Y entonces, la leve mueca burlona que curvó su labio superior me resultó evidente. Debió haber un rastro de falta de respeto en su tono o actitud que se me escapó, pues Álvarez se volvió hacia él como un rayo.

"Cuando el teniente Turck llegue a los treinta", dijo, "todos cruzaremos con él, ¡y Dios ayude al oficial o al hombre que se lo reproche!"

"No seré cómplice de alta traición", espetó Johnson. "Las normas son explícitas, y si el Coldwater cruza los treinta, le corresponde a usted arrestar al teniente Turck y hacer todo lo posible para que el barco regrese a aguas panamericanas".

"No sabré", respondió Álvarez, "que el Coldwater pasa de los treinta; ni ningún otro hombre a bordo lo sabrá", y, con sus palabras, sacó un revólver de su bolsillo, y antes de que yo o Johnson pudiéramos evitarlo, había metido una bala en todos los instrumentos del puente, arruinándolos sin posibilidad de reparación.

Y entonces me saludó y se alejó del puente, como un mártir de la lealtad y la amistad, pues, aunque nadie supiera que el teniente Jefferson Turck había cruzado treinta kilómetros con su barco, todos a bordo sabrían que el primer oficial había cometido un delito castigado con la degradación y la muerte. Johnson se giró y me miró con los ojos entrecerrados.

"¿Lo pongo bajo arresto?", preguntó.

"No lo harás", respondí. "Ni nadie más lo hará".

"¡Te conviertes en cómplice de su crimen!", gritó enojado.

"Puede bajar, señor Johnson", le dije, "y ocuparse de desempaquetar los instrumentos adicionales y colocarlos correctamente en el puente".

Él me saludó y me dejó, y por un tiempo me quedé allí, mirando las furiosas aguas, mi mente llena de tristes reflexiones sobre el destino injusto que me había sobrevenido y el dolor y la desgracia que sin darme cuenta había traído sobre mi casa.

Me alegré de no dejar ni a mi esposa ni a mis hijos que soportaran el peso de mi vergüenza durante toda su vida.

Mientras pensaba en mi desgracia, consideré más claramente que nunca la injusticia de la regla que iba a resultar mi destino, y en la rebelión natural contra su injusticia, mi ira aumentó y creció dentro de mí un sentimiento que imagino debe haber sido paralelo a ese espíritu que una vez prevaleció entre los antiguos llamado anarquía.

Por primera vez en mi vida, vi que mis sentimientos se alzaban contra la costumbre, la tradición e incluso el gobierno. La ola de rebelión me invadió en un instante, comenzando con una duda herética sobre la santidad del orden establecido —ese fetiche que ha regido a los panamericanos durante dos siglos, y que se basa en una fe ciega en la infalibilidad de la presciencia de los redactores, ya fallecidos, de los estatutos de la federación panamericana— y terminando en una determinación inflexible de defender mi honor y mi vida hasta el último obstáculo contra la regulación ciega e insensata que se convertía en sinónimo de infortunio y traición.

Reemplazaría los instrumentos destruidos en el puente; todos los oficiales y soldados deberían saber cuándo cruzamos la línea de treinta. Pero entonces haría valer mi espíritu, me resistiría al arresto e insistiría en que mi barco regresara a la línea de detención, permaneciendo en mi puesto hasta llegar a Nueva York. Entonces presentaría un informe completo, y con él, exigiría a la opinión pública que las líneas de detención fueran borradas para siempre de los mares.

Sabía que tenía razón. Sabía que ningún oficial más leal vestía el uniforme de la marina. Sabía que era un buen oficial y marinero, y no me proponía someterme a la degradación y la baja porque muchos fósiles antiguos, preglaciares, habían declarado, más de doscientos años antes, que ningún hombre debía cruzar los treinta.

Mientras estos pensamientos me cruzaban la mente, me ocupaba de los detalles de mis obligaciones. Me había encargado de aparejar un ancla, y ya los hombres habían completado su tarea, y el Coldwater viraba rápidamente, con la proa apuntando de nuevo al viento, y el espantoso balanceo que le producía el vaivén en la vaguada disminuía felizmente.

Fue entonces cuando Johnson llegó corriendo al puente. Tenía un ojo hinchado y ya se le oscurecía, y un corte en el labio le sangraba. Sin siquiera la formalidad de un saludo, se abalanzó sobre mí, pálido de furia.

"¡El teniente Álvarez me atacó!", gritó. "Exijo que lo arresten. Lo encontré destruyendo los instrumentos de reserva, y cuando quise intervenir para protegerlos, se abalanzó sobre mí y me golpeó. ¡Exijo que lo arresten!"

"Se olvida de sí mismo, Sr. Johnson", dije. "No está al mando del barco. Deploro la acción del teniente Álvarez, pero no puedo borrar de mi mente la lealtad y la abnegada amistad que lo han impulsado a actuar. Si yo fuera usted, señor, me beneficiaría de su ejemplo. Además, Sr. Johnson, tengo la intención de conservar el mando del barco, aunque pase de los treinta, y exigiré obediencia absoluta de todos los oficiales y tripulantes a bordo hasta que un oficial superior me releve debidamente en el puerto de Nueva York".

"¿Quieres decir que cruzarás los treinta sin someterte a arresto?", casi gritó.

"Sí, señor", respondí. "Y ahora puede bajar, y, cuando necesite dirigirse a mí, tenga la amabilidad de recordar que soy su oficial al mando y, como tal, tengo derecho a un saludo".

Se sonrojó, dudó un momento y luego, saludando, dio media vuelta y abandonó el puente. Poco después apareció Álvarez. Estaba pálido y parecía haber envejecido diez años en los breves minutos transcurridos desde la última vez que lo vi. Saludando, me contó con sencillez lo que había hecho y me pidió que lo arrestara.

Le puse la mano en el hombro, y supongo que me tembló un poco la voz mientras, al reprenderlo por su acto, le dejé claro que mi gratitud era tan poderosa como su lealtad. Fue entonces cuando le expliqué mi propósito de desafiar la regulación que había extendido los plazos y regresar yo mismo con mi barco a Nueva York.

No le pedí que compartiera la responsabilidad conmigo. Simplemente le dije que debía negarme a ser arrestado y que debía exigirle a él y a todos los demás oficiales y soldados obediencia implícita a todas mis órdenes hasta que atracáramos en casa.

Su rostro se iluminó con mis palabras, y me aseguró que lo encontraría tan dispuesto a reconocer mi mando tanto en el lado equivocado de los treinta como en el correcto, una garantía que me apresuré a decirle que no necesitaba.

La tormenta continuó azotando durante tres días, y como el viento apenas varió un punto durante todo ese tiempo, supe que debíamos estar muy por encima de los treinta, desplazándonos rápidamente de este a sur. Durante todo este tiempo había sido imposible reparar los motores dañados ni los generadores de pantalla de gravedad; pero teníamos un juego completo de instrumentos en el puente, pues Álvarez, tras descubrir mis intenciones, había sacado los instrumentos de reserva de su camarote, donde los había escondido. Los que Johnson le había visto destruir eran un tercer juego que solo Álvarez sabía que estaba a bordo del Coldwater.

Esperábamos con impaciencia el sol para poder determinar nuestra ubicación exacta y al cuarto día nuestra vigilia se vio recompensada unos minutos antes del mediodía.

Todos los oficiales y hombres a bordo estaban tensos y nerviosos mientras esperábamos el resultado de la lectura. La tripulación supo casi tan pronto como yo que estábamos condenados a cruzar la línea de treinta, y me inclino a creer que todos estaban encantados, pues el espíritu de aventura y romance aún vive en los corazones de los hombres del siglo XXII, aunque tengan poco que alimentarse entre la línea de treinta y la de ciento setenta y cinco.

Los hombres no cargaban con ninguna de las responsabilidades. Podrían cruzar los treinta con impunidad, y sin duda regresarían a casa convertidos en héroes; ¡pero qué diferente fue el regreso a casa de su comandante!

El viento había amainado, soplando con fuerza, aún de oeste a norte, y el mar había bajado en consecuencia. La tripulación, con excepción de aquellos cuyas obligaciones los retenían abajo, estaba alineada en cubierta, bajo el puente. Cuando nuestra posición quedó definitivamente fijada, la anuncié personalmente a los hombres que esperaban con impaciencia.

"Hombres", dije, acercándome a la barandilla y observando sus rostros bronceados, "están esperando ansiosamente información sobre la posición del barco. Se ha determinado en latitud cincuenta grados siete minutos norte, longitud veinte grados dieciséis minutos oeste".

Hice una pausa y un murmullo de comentarios animados recorrió a la multitud debajo de mí. «Más de treinta. Pero no habrá cambios en los oficiales al mando, ni en la rutina ni en la disciplina, hasta que hayamos atracado de nuevo en Nueva York».

Al callarme y alejarme de la barandilla, se oyó un rugido de aplausos desde cubierta como nunca antes había oído a bordo de un barco de paz. Me recordó historias que había leído sobre los buenos tiempos, cuando los buques de guerra se construían para combatir, cuando los barcos de paz eran buques de guerra, y los cañones centelleaban en algo más que inútiles prácticas de tiro, y las cubiertas se teñían de sangre.

Con la subsistencia del mar, pudimos empezar a trabajar en los motores dañados con algún resultado, y también encargué a los hombres que examinaran los generadores de pantalla gravitacional con vistas a ponerlos en funcionamiento en caso de que no resultara más allá de nuestros recursos.

Durante dos semanas trabajamos en las máquinas, que indiscutiblemente mostraban evidencias de haber sido manipuladas. Nombré una junta para investigar e informar sobre el desastre. Pero no logró nada más que convencerme de que varios oficiales a su cargo simpatizaban plenamente con Johnson, pues, aunque no se habían presentado cargos contra él, la junta se esforzó específicamente por exonerarlo en sus conclusiones.

Durante todo este tiempo, navegamos casi directamente hacia el este. Los trabajos en las máquinas habían avanzado tanto que, en pocas horas, podríamos esperar poder navegar por nuestros propios medios hacia el oeste, rumbo a las aguas panamericanas.

Para aliviar la monotonía, me puse a pescar, y esa mañana temprano partí de Coldwater en uno de los botes de la excursión. Soplaba un suave viento del oeste. El mar brillaba bajo el sol. Un cielo despejado cubría el oeste para nuestra diversión, ya que me había propuesto no acercarme voluntariamente ni un centímetro al este que pudiera evitar. Al menos, no podrían acusarme de infringir deliberadamente la normativa de líneas límite.

Solo llevaba conmigo la dotación habitual de hombres del bote: tres en total, más que suficientes para manejar cualquier lancha motora pequeña. No les pedí a mis oficiales que me acompañaran, pues deseaba estar solo, y ahora me alegro mucho de no haberlo hecho. Lo único que lamento es que, en vista de lo que nos ocurrió, haya sido necesario traer a los tres valientes que tripulaban el bote.

Nuestra pesca, que resultó excelente, nos llevó tan lejos al oeste que ya no podíamos ver el Coldwater. El día transcurría, hasta que por fin, a media tarde, di la orden de regresar al barco.

Habíamos avanzado poco hacia el este cuando uno de los hombres lanzó una exclamación de entusiasmo, al tiempo que señalaba hacia el este. Todos miramos en la dirección que había indicado, y allí, a poca distancia sobre el horizonte, vimos la silueta del Coldwater recortada contra el cielo.

"Han reparado tanto los motores como los generadores", exclamó uno de los hombres.

Parecía imposible, pero evidentemente se había logrado. Esa misma mañana, el teniente

Johnson me había dicho que temía que fuera imposible reparar los generadores. Lo encargué de esta tarea, ya que siempre se le había considerado uno de los mejores especialistas en pantallas gravitacionales de la marina. Inventó varias de las mejoras incorporadas en los modelos posteriores de estos generadores, y estoy convencido de que sabe más sobre la teoría y la práctica de la pantalla gravitacional que cualquier panamericano vivo.

Al ver al Coldwater nuevamente bajo control, los tres hombres prorrumpieron en una ovación de alegría. Pero, por alguna razón que entonces no pude explicar, me invadió una extraña premonición de desgracia personal. No era que ahora anticipara un pronto regreso a Pan-America y una comisión de investigación, sino que más bien anhelaba la lucha que seguiría a mi regreso. No, había algo más, algo indefinible y vago que me ensombrecía al ver mi barco elevarse sobre el agua y dirigirse directamente hacia nosotros.

No tardé mucho en averiguar una posible explicación de mi depresión, pues, aunque éramos claramente visibles desde el puente del aerosubmarino y para los cientos de hombres que llenaban su cubierta, el barco pasó directamente sobre nosotros, a menos de quinientos pies del agua, y se dirigió directamente hacia el oeste.

Todos gritamos y disparé mi pistola para atraer su atención, aunque sabía muy bien que todos los que se preocupaban por hacerlo nos habían observado, pero el barco se alejó constantemente, haciéndose cada vez más pequeño ante nuestra vista hasta que finalmente pasó completamente fuera de la vista.

2

¿Qué significaba? Había dejado a Álvarez al mando. Era mi subordinado más leal. Era absolutamente imposible que Álvarez me abandonara. No, había otra explicación. Algo ocurrió para poner a mi segundo oficial, Porfirio Johnson, al mando. Estaba seguro, pero ¿para qué especular? La futilidad de las conjeturas era evidente. El Coldwater nos había abandonado en medio del océano. Sin duda, ninguno de nosotros sobreviviría para saber por qué.

El joven al timón de la lancha motora había girado la cabeza cuando se hizo evidente que el barco tenía la intención de pasar sobre nosotros, y ahora todavía la mantenía en una inútil persecución del Coldwater.

—Vuelve, Snider —ordené—, y mantenla al este. No podemos alcanzar el Coldwater, ni cruzar el Atlántico con esto. Nuestra única esperanza reside en llegar a la tierra más cercana, que, si no me equivoco, son las Islas Sorlingas, frente a la costa suroeste de Inglaterra. ¿Has oído hablar de Inglaterra, Snider?

"Hay una parte de los Estados Unidos de Norteamérica que los antiguos conocían como Nueva Inglaterra", respondió. "¿Se refiere a eso, señor?"

"No, Snider", respondí. "La Inglaterra a la que me refiero era una isla frente al continente europeo. Fue la sede de un reino muy poderoso que floreció hace más de doscientos años. Una parte de los Estados Unidos de Norteamérica y todos los Estados Federados de Canadá pertenecieron a esta antigua Inglaterra".

"Europa", susurró uno de los hombres, con la voz tensa por la emoción. "Mi abuelo me contaba historias del mundo más allá de los treinta. Había sido un gran estudiante y había leído mucho de libros prohibidos".

"En eso me parezco a vuestro abuelo", dije, "porque yo también he leído más de lo que se supone que deben leer los oficiales navales y, como ustedes saben, se nos permite una mayor libertad en el estudio de la geografía y la historia que a los hombres de otras profesiones.

Entre los libros y documentos del almirante Porter Turck, quien vivió hace doscientos años y de quien desciendo, aún existen, y están en mi poder, muchos volúmenes que tratan sobre la historia y la geografía de la antigua Europa. Normalmente llevo varios de estos libros en un crucero, y en esta ocasión, entre otros, tengo mapas de Europa y sus aguas circundantes. Los estuve estudiando al salir del Coldwater esta mañana, y por suerte los tengo conmigo.

"¿Va a intentar hacer Europa, señor?", preguntó Taylor, el último joven que había hablado.

"Es la tierra más cercana", respondí. "Siempre he querido explorar las tierras olvidadas del hemisferio oriental. Esta es nuestra oportunidad. Permanecer en el mar es perecer. Ninguno de nosotros volverá a ver su hogar. Aprovechémoslo al máximo y disfrutemos mientras vivamos de lo prohibido, el equilibrio de nuestra raza: la aventura y el misterio que se encuentran más allá de los treinta".

Taylor y Delcarte captaron mi estado de ánimo, pero Snider, creo, era un poco escéptico.

"Es traición, señor", respondí, "pero no hay ley que nos obligue a castigarnos. Si pudiéramos regresar a Panamérica, sería el primero en insistir en que lo afrontáramos. Pero sabemos que no es posible. Incluso si esta embarcación nos llevara tan lejos, no tenemos suficiente agua ni comida para más de tres días.

Estamos condenados, Snider, a morir lejos de casa y sin volver a ver jamás el rostro de ningún compatriota que no sea el que está sentado aquí en este barco. ¿No es ese castigo suficiente incluso para el juez más exigente?

Incluso Snider tuvo que admitirlo.

"Muy bien, pues, vivamos mientras vivamos, y disfrutemos al máximo de cualquier aventura o placer que cada nuevo día nos traiga, ya que cualquier día puede ser el último, y estaremos muertos durante un tiempo considerable".

Pude ver que Snider todavía tenía miedo, pero Taylor y Delcarte respondieron con un cordial: "¡Aye, aye, señor!".

Eran de diferente calaña. Ambos eran hijos de oficiales navales. Representaban la aristocracia de nacimiento y se atrevieron a pensar por sí mismos.

Snider era minoría, así que continuamos hacia el este. Pasados los treinta, y separado de mi nave, mi autoridad cesó. Mantuve el liderazgo, si es que llegaba a ejercerlo, únicamente por méritos personales, pero no dudaba de mi capacidad para seguir al frente de nuestros destinos, siempre que fueran susceptibles a la intervención humana. Siempre he liderado. Mientras mi mente y mis músculos permanezcan intactos, seguiré liderando. Seguir es un arte que los turcos no aprenden fácilmente.

No fue hasta el tercer día que vimos tierra, justo enfrente, que según mi mapa supuse eran las Islas Sorlingas. Pero soplaba un vendaval tan fuerte que no me atreví a desembarcar, así que pasamos al norte de ellas, bordeamos Land's End y entramos en el Canal de la Mancha.

Creo que hasta ese momento nunca había experimentado una emoción tan grande como la que me recorrió al darme cuenta de que navegaba por estas aguas históricas. Los sueños de toda la vida que nunca me había atrevido a esperar ver cumplidos por fin se hicieron realidad, ¡pero en qué circunstancias tan desoladoras!

Nunca podría regresar a mi tierra natal. Debo permanecer en el exilio hasta el fin de mis días. Sin embargo, ni siquiera estos pensamientos lograron apagar mi ardor.

Mis ojos recorrieron las aguas. Al norte, pude ver la rocosa costa de Cornualles. Mis ojos eran los primeros que un estadounidense veía en ella en más de doscientos años. En vano, busqué alguna señal de antiguo comercio que, si la historia es cierta, debió de haber salpicado el seno del Canal con velas blancas y ennegrecido el cielo con el humo de innumerables chimeneas, pero hasta donde alcanzaba la vista, las agitadas aguas del Canal estaban vacías y desiertas.

Hacia medianoche el viento y el mar amainaron, de modo que poco después del amanecer decidí acercarme a la costa para intentar desembarcar, pues estábamos muy necesitados de agua fresca y alimentos.

Según mis observaciones, estábamos justo al lado de Ram Head, y mi intención era entrar en la bahía de Plymouth y visitar Plymouth. Mi mapa indicaba que esta ciudad se encontraba a poca distancia de la costa, y había otra ciudad, Devonport, que parecía estar en la desembocadura del río Tamar.

Sin embargo, sabía que la ciudad a la que entráramos no importaría mucho, ya que los ingleses eran famosos desde hacía tiempo por su hospitalidad con los marineros visitantes. Al acercarnos a la entrada de la bahía, busqué las embarcaciones pesqueras que esperaba ver salir tan temprano para sus labores. Pero incluso después de rodear Ram Head y estar ya en las aguas de la bahía, no vi ninguna embarcación. Tampoco había boya, luz ni ninguna otra señal que indicara el canal a los barcos más grandes, y esto me asombró mucho.

La costa estaba densamente cubierta de vegetación, y desde el agua no se veía ningún edificio ni rastro del hombre. Remontamos la bahía y entramos en el río Tamar, atravesando una soledad tan intacta como la que se extendía sobre las aguas del Canal. Por lo que pudimos ver, no había indicios de que el hombre hubiera pisado jamás esta costa silenciosa.

Me quedé perplejo, y entonces, por primera vez, sentí una intuición de la verdad.

No había señales de guerra. En lo que respecta a esta parte de la costa de Devon, parecía haber terminado hacía muchos años, pero tampoco había gente. Sin embargo, no me atrevía a creer que no encontraría habitantes en Inglaterra. Razonando así, descubrí que era improbable que aún existiera un estado de guerra, y que toda la gente había sido atraída de esta parte de

Inglaterra a otra, donde podrían defenderse mejor de un invasor.

¿Pero qué hay de sus antiguas defensas costeras? ¿Qué había aquí en la bahía de Plymouth para impedir que un enemigo desembarcara en masa y avanzara a su antojo? Nada. No podía creer que una nación militar progresista, como se dice que fueron los antiguos ingleses, hubiera abandonado voluntariamente una costa expuesta y un excelente puerto a merced de un enemigo.

Me encontraba cada vez más envuelto en un dilema. No podía desentrañar el enigma que me aguardaba. Habíamos desembarcado, y ahora me encontraba en el lugar donde, según mi mapa, una gran ciudad debería alzar sus torres y chimeneas. No había nada más que un terreno accidentado y accidentado, densamente cubierto de maleza y zarzas, y hierba alta y espesa.

Si alguna vez hubo una ciudad allí, no quedaba rastro de ella. La rugosidad y los desniveles del terreno sugerían una gran masa de escombros oculta tras la acumulación de siglos de maleza.

Saqué el machete corto con el que, como

sabéis, van armados tanto los oficiales como los hombres de la marina por cortesía a las tradiciones y recuerdos del pasado, y con su punta hundí la tierra alrededor de las raíces de la vegetación que crece a mis pies.

La hoja se hundió en la tierra unos dieciocho centímetros, cuando tocó algo parecido a una piedra. Cavando alrededor del obstáculo, lo aflojé enseguida, y al sacarlo de su sepulcro descubrí que era un antiguo ladrillo de arcilla, cocido en un horno.

Habíamos dejado a Delcarte a cargo del barco; pero Snider y Taylor estaban conmigo y, siguiendo mi ejemplo, se dedicaron al fascinante deporte de buscar antigüedades. Descubrimos una gran cantidad de estos ladrillos, hasta que empezamos a cansarnos de la monotonía, cuando Snider lanzó de repente una exclamación de emoción y, al girarme para mirar, levantó un cráneo humano para que lo inspeccionara.

Se lo quité y lo examiné. Justo en el centro de la frente había un pequeño agujero redondo. Evidentemente, el caballero había llegado a su fin defendiendo a su país de un invasor.

Snider volvió a alzar otro trofeo de la búsqueda: una estaca de metal y algunos adornos metálicos deslustrados y corroídos. Habían estado junto al cráneo.

Con la punta de su alfanje, Snider raspó la suciedad y el cardenillo de la cara del adorno más grande.

"Una inscripción", dijo y me entregó el objeto.

Eran la punta y los adornos de un antiguo casco alemán. En poco tiempo descubrimos muchos otros indicios de que se había librado una gran batalla en el terreno donde nos encontrábamos. Pero entonces, y todavía lo sigo, no entiendo por qué había soldados alemanes en la costa inglesa tan lejos de Londres, lo que, según la historia, habría sido el objetivo natural de un invasor.

Solo puedo explicarlo suponiendo que Inglaterra fue conquistada temporalmente por los teutones, o que se llevó a cabo una invasión de tal magnitud que las tropas alemanas fueron lanzadas a la costa inglesa en masa y que los desembarcos se efectuaron necesariamente en muchos lugares simultáneamente. Descubrimientos posteriores tienden a reforzar esta teoría.

Cavamos durante un corto tiempo con nuestros alfanjes hasta que me convencí de que en algún momento del pasado había existido una ciudad en ese lugar, y que bajo nuestros pies, derrumbada y muerta, yacía la antigua Devonport.

No pude reprimir un suspiro al pensar en los estragos que la guerra había causado en esta parte de Inglaterra, al menos. Más al este, más cerca de Londres, encontraríamos cosas muy diferentes. Allí existiría la civilización que dos siglos debieron haber traído a nuestros primos ingleses, como ellos a nosotros. Habría ciudades poderosas, campos cultivados, gente feliz. Allí seríamos recibidos como hermanos perdidos hace mucho tiempo. Allí encontraríamos una gran nación ansiosa por aprender del mundo más allá de su lado de los treinta, como yo había ansiado aprender del que se extendía más allá de nuestro lado de la línea de la muerte.

Me volví hacia el barco.

"¡Vamos, hombres!", dije. "Remontaremos el río, llenaremos nuestros barriles de agua fresca, buscaremos comida y combustible, y mañana estaremos listos para avanzar hacia el este. Me voy a Londres".

3

El disparo de un arma rompió el silencio de un Devonport muerto con una brusquedad sorprendente.

Venía de la lancha, y en un instante los tres corrimos hacia el bote a toda velocidad. Al avistarlo, vimos a Delcarte a cien yardas tierra adentro de la lancha, inclinado sobre algo que yacía en el suelo. Al llamarlo, agitó su gorra y, agachándose, levantó un pequeño ciervo para que lo inspeccionáramos.

Estaba a punto de felicitarlo por su trofeo cuando nos sobresaltó un grito espantoso, mitad humano, mitad bestial, un poco más adelante, a nuestra derecha. Parecía provenir de un matorral denso y enmarañado, no muy lejos de donde se encontraba Delcarte. Era un sonido horrible y aterrador, como nunca antes había llegado a mis oídos.

Miramos en la dirección de dónde provenía. La sonrisa se había borrado de los labios de Delcarte. Incluso a la distancia que nos separaba, vi que su rostro palidecía de repente, y rápidamente se echó el rifle al hombro. En ese mismo instante, el ser que había dado voz al grito se apartó de la maleza que lo ocultaba, lo suficientemente lejos como para que también lo viéramos.

Tanto Taylor como Snider dieron pequeños jadeos de asombro y consternación.

"¿Qué pasa, señor?", preguntó este último.

La criatura medía aproximadamente la cintura de un hombre alto, y era larga, flaca y sinuosa, con un pelaje leonado con rayas negras, y garganta y vientre blancos. Su conformación era similar a la de un gato: un gato enorme, exageradamente colosal, con ojos diabólicos y un semblante de lo más diabólico, mientras arrugaba su hocico erizado y mostraba sus grandes colmillos amarillos.

Caminaba de un lado a otro, o mejor dicho, se escabullía, directamente hacia Delcarte, quien ahora le apuntaba con su rifle.

"¿Qué pasa, señor?", murmuró Snider otra vez, y entonces una imagen medio olvidada de un antiguo libro de historia natural me vino a la mente, y reconocí en la espantosa bestia al Felis tigris del Asia antigua, cuyos especímenes habían sido exhibidos, en siglos anteriores, en el hemisferio occidental.

Snider y Taylor iban armados con rifles y revólveres, mientras que yo solo llevaba un revólver. Le arrebaté el rifle a Snider de las manos temblorosas y le grité a Taylor que me siguiera. Juntos corrimos, gritando, para distraer la atención de la bestia de Delcarte hasta que todos estuviéramos lo suficientemente cerca como para atacar con la mayor seguridad de éxito.

Le grité a Delcarte que no disparara hasta que llegáramos a su lado, pues temía que nuestras balas de pequeño calibre con camisa de acero, lejos de matar a la bestia, simplemente la enfurecieran aún más. Pero me malinterpretó, pensando que le había ordenado disparar.

Con el disparo de su rifle, el tigre se detuvo en seco, aparentemente sorprendido, luego se giró y mordió salvajemente su hombro por un instante, después de lo cual giró nuevamente hacia Delcarte, emitiendo los rugidos y gritos más aterradores, y se lanzó, con increíble velocidad, hacia el valiente tipo, que ahora se mantenía firme disparando balas de su rifle automático tan rápidamente como el arma disparaba.

Taylor y yo también disparamos contra la criatura, y como estaba de costado frente a nosotros, ofrecía un blanco espléndido, aunque por la impresión que parecíamos causarle al gran felino, bien podríamos haberle estado lanzando burbujas de jabón.

Directo como un torpedo se precipitó hacia Delcarte y, mientras Taylor y yo tropezábamos entre la hierba alta hacia nuestro desafortunado camarada, vimos al tigre encabritarse y aplastarlo contra el suelo.

El noble Delcarte no había dado un paso atrás. Doscientos años de paz no habían minado la sangre de su valeroso linaje. Cayó bajo esa avalancha de ferocidad bestial, aún empuñando su arma y con el rostro vuelto hacia su antagonista. Incluso en el instante en que lo creí muerto, no pude evitar sentir un escalofrío de orgullo al saber que era uno de mis hombres, uno de mi clase, un caballero panamericano de nacimiento. Y que había demostrado una de las principales convicciones de los partidarios del ejército y la marina: que el entrenamiento militar era necesario para la salvación del coraje personal en la raza panamericana, que durante generaciones no había tenido que enfrentarse a peligros más graves que los inherentes a la vida cotidiana en una comunidad altamente civilizada, protegida por todos los medios a su disposición por un gobierno perfectamente organizado y todopoderoso que utilizaba lo mejor que la ciencia avanzada podía sugerir.

Mientras corríamos hacia Delcarte, tanto Taylor como yo nos quedamos impresionados por el hecho de que la bestia que estaba sobre él no parecía estar hiriéndolo, sino que yacía quieta e inmóvil sobre su presa, y cuando estuvimos bastante cerca y las bocas de nuestras armas estaban en la cabeza del animal, vi la explicación de este repentino cese de hostilidades: felis tigris estaba muerto.

Una de nuestras balas, o una de las últimas que disparó Delcarte, había penetrado el corazón, y la bestia había muerto mientras se desparramaba hacia adelante aplastando a Delcarte contra el suelo.

Un momento después, con nuestra ayuda, el hombre había salido de debajo del cadáver de su posible asesino, sin un rasguño que indicara lo cerca que había estado de la muerte.

La alegría de Delcarte era completamente serena. Salió de debajo del tigre con una amplia sonrisa en su hermoso rostro, sin que percibiera el menor temblor en un músculo ni el menor indicio de nerviosismo o excitación en su voz.

Al finalizar la aventura, comenzamos a especular sobre la explicación de la presencia de esta bestia salvaje en libertad a tanta distancia de su hábitat natural. Mis lecturas me habían enseñado que era prácticamente desconocida fuera de Asia, y que, al menos hasta el siglo XX, no había animales salvajes fuera del cautiverio en Inglaterra.

Mientras hablábamos, Snider se unió a nosotros y le devolví el rifle. Taylor y Delcarte recogieron el ciervo muerto y todos bajamos a la rampa, caminando lentamente. Delcarte quería ir a buscar la piel del tigre, pero tuve que denegarle el permiso, ya que no teníamos cómo curarla adecuadamente.

En la playa, desollamos el ciervo y cortamos tanta carne como pensamos que podíamos desechar, y mientras nos embarcábamos nuevamente para continuar río arriba en busca de agua fresca y combustible, nos sobresaltamos por una serie de gritos provenientes de los arbustos a poca distancia.

"Otro felis tigris", dijo Taylor.

"O una docena de ellos", añadió Delcarte, y, mientras hablaba, aparecieron a la vista, uno tras otro, ocho de las bestias, completamente desarrolladas: magníficos ejemplares.

Al vernos, se lanzaron como demonios enfurecidos. Vi que tres rifles no serían rival para ellos, así que di la orden de alejarse de la orilla, con la esperanza de que el "tigre", como lo llamaban los antiguos, no supiera nadar.

Efectivamente, todos se detuvieron en la playa, caminando de un lado a otro, profiriendo gritos diabólicos y mirándonos de la manera más malévola.

Mientras nos alejábamos en motor, oímos los cantos de animales similares tierra adentro. Parecían responder a los gritos de sus compañeros en la orilla, y por la amplia distribución y el gran volumen del sonido, llegamos a la conclusión de que enormes cantidades de estos animales debían vagar por la zona adyacente.

"Se han comido a los habitantes", murmuró Snider, estremeciéndose.

"Imagino que tienes razón", asentí, "pues su extrema audacia e intrepidez en presencia del hombre sugeriría que o bien el hombre les es completamente desconocido, o bien que están extremadamente familiarizados con él como su presa natural y más fácil de conseguir".

"¿Pero de dónde vinieron?", preguntó Delcarte. "¿Podrían haber viajado hasta aquí desde Asia?"

Negué con la cabeza. Aquello era un enigma para mí. Sabía que era prácticamente incomprensible imaginar que los tigres hubieran cruzado las cordilleras, los ríos y todo el gran continente europeo para viajar tan lejos de sus guaridas, y era totalmente imposible que hubieran cruzado el Canal de la Mancha. Sin embargo, allí estaban, y en gran número.

Continuamos río arriba por el Tamar varias millas, llenamos nuestros barriles y luego desembarcamos para cocinar un poco de nuestro filete de venado y disfrutar de la primera comida abundante que nos había tocado desde que Coldwater nos abandonó. Pero apenas habíamos encendido la fogata y preparado la carne, Snider, cuya mirada no había dejado de recorrer el paisaje desde que bajamos de la lancha, me tocó el brazo y señaló un grupo de arbustos que crecía a unos doscientos metros de distancia.

Medio oculto tras el follaje que me protegía, vi el amarillo y negro de un gran tigre, y, mientras miraba, la bestia se dirigía majestuosamente hacia nosotros. Un momento después, le siguieron otro y otro, y no hace falta decir que nos retiramos apresuradamente hacia la lancha.

El país aparentemente estaba infestado de estos enormes carnívoros, ya que después de otros tres intentos de desembarcar y cocinar nuestra comida nos vimos obligados a abandonar la idea por completo, ya que cada vez éramos ahuyentados por tigres de caza.

También era igualmente imposible obtener los ingredientes necesarios para nuestro combustible químico y, como nos quedaba muy poco a bordo, decidimos arriar nuestro mástil plegable y continuar a vela, almacenando nuestro suministro de combustible para utilizarlo en caso de emergencia.

Puedo decir que no lamentamos en absoluto que nos despedimos de Tigerland, rebautizamos al antiguo Devon y, adentrándonos en el Canal, giramos la proa de la lancha hacia el sudeste para rodear Bolt Head y continuar por la costa hacia el estrecho de Dover y el mar del Norte.

Estaba decidido a llegar a Londres lo antes posible para poder conseguir ropa nueva, conocer gente culta y aprender de labios de los ingleses los secretos de los dos siglos transcurridos desde que Oriente se había separado de Occidente.

Nuestra primera parada fue la Isla de Wight. Entramos en el Solent sobre las diez de la mañana, y debo confesar que se me encogió el corazón al acercarnos a la costa. No se veía ningún faro, aunque uno estaba claramente indicado en mi mapa. En ninguna de las orillas había rastros de presencia humana. Bordeamos la costa norte de la isla en una búsqueda infructuosa de personas, y finalmente desembarcamos en una punta oriental, donde debería haber estado Newport, pero donde solo se alzaban malezas, grandes árboles y enmarañada arboleda silvestre, y no se veía ni una sola obra humana.

Antes de desembarcar, les pedí a los hombres que sustituyeran las balas blandas por los proyectiles con camisa de acero que llenaban sus cinturones y cargadores. Así equipados, nos sentíamos en mejores condiciones con los tigres, pero no había rastro de ellos, y decidí que debían quedarse en tierra firme.

Después de comer, partimos en busca de combustible, dejando a Taylor a cargo de la lancha. Por alguna razón, no podía confiar solo en Snider. Sabía que veía con desaprobación mi plan de visitar Inglaterra, y no sabía si, a la primera oportunidad, nos abandonaría, llevándose la lancha e intentando regresar a Pan-America.

No dudé que sería tan tonto como para aventurarse a hacerlo.

Habíamos avanzado tierra adentro durante una milla o más, y estábamos atravesando un bosque que parecía un parque, cuando de repente nos topamos con los primeros seres humanos que habíamos visto desde que avistamos la costa inglesa.

Había una veintena de hombres en el grupo. Eran hombres peludos y semidesnudos, descansando a la sombra de un gran árbol. Al vernos, se pusieron de pie de un salto con gritos salvajes, agarrando largas lanzas que habían dejado junto a ellos mientras descansaban.

Durante cincuenta yardas huyeron de nosotros a toda velocidad, y luego se giraron y nos observaron un instante. Evidentemente envalentonados por nuestra escasez de hombres, comenzaron a avanzar hacia nosotros, blandiendo sus lanzas y gritando espantosamente.

Eran bajos y musculosos, con el pelo largo y barbas enmarañadas y cubiertas de mugre. Sin embargo, sus cabezas eran bien formadas, y sus ojos, aunque fieros y guerreros, eran inteligentes.

La apreciación de estos atributos físicos llegó más tarde, por supuesto, cuando tuve mejor oportunidad de observar a los hombres de cerca y en circunstancias menos peligrosas y emocionantes. En ese momento vi, con sincero asombro, solo una veintena de salvajes abalanzándose sobre nosotros, donde esperaba encontrar una comunidad de gente civilizada e ilustrada.

Cada uno de nosotros estaba armado con un rifle, un revólver y un alfanje, pero como estábamos hombro con hombro frente a los hombres salvajes, me resistí a dar la orden de dispararles, infligiendo muerte o sufrimiento a extraños con los que no teníamos nada en contra, y así intenté contenerlos por un momento para que pudiéramos parlamentar con ellos.

Para ello, levanté la mano izquierda por encima de la cabeza, con la palma hacia ellos, como el gesto más natural que se me ocurrió para indicar intenciones pacíficas. Al mismo tiempo, les dije en voz alta que éramos amigos, aunque, por su aspecto, nada indicaba que pudieran entender el inglés panamericano o antiguo, que, por supuesto, son prácticamente idénticos.

Ante mi gesto y mis palabras, cesaron sus gritos y se detuvieron a pocos pasos de nosotros. Entonces, en voz baja, uno que iba delante de los demás, a quien supuse que era el jefe o líder del grupo, respondió en un idioma que, si bien era comprensible para nosotros, estaba tan distorsionado del inglés del que evidentemente provenía, que nos costó interpretarlo.

"¿Quiénes son ustedes?", preguntó "¿y de qué país?"

Le dije que éramos de Panamérica, pero solo negó con la cabeza y preguntó dónde estaba. Nunca había oído hablar de eso, ni del Océano Atlántico que, según le dije, separaba su país del mío.

"Han pasado doscientos años", le dije, "desde que un panamericano visitó Inglaterra".

"¿Inglaterra?", preguntó. "¿Qué es Inglaterra?"

"¡Pero esto es parte de Inglaterra!", exclamé.

"Esto es Grubitten", me aseguró. "No sé nada de Inglaterra, y he vivido aquí toda mi vida".

No fue hasta mucho después que se me ocurrió la derivación de Grubitten. Sin duda, es una corrupción de Gran Bretaña, nombre que antiguamente se daba a la gran isla que comprendía Inglaterra, Escocia y Gales. Posteriormente, lo oímos pronunciar Grabritin y Grubritten.

Entonces le pregunté si podía indicarnos dónde ir a Ryde o Newport; pero volvió a negar con la cabeza y dijo que nunca había oído hablar de esos países. Y cuando le pregunté si había ciudades en este país, no supo a qué me refería, pues nunca había oído la palabra «ciudades».

Expliqué mi significado lo mejor que pude diciendo que por ciudad me refería a un lugar donde mucha gente vivía junta en casas.

—¡Ah! —exclamó—. ¡Te refieres a un campamento! Sí, aquí hay dos grandes campamentos: el Campamento Este y el Campamento Oeste. Nosotros somos del Campamento Este.

El uso de la palabra campamento para describir un conjunto de viviendas naturalmente me sugirió guerra, y mi siguiente pregunta fue si la guerra había terminado y quién había resultado victorioso.

"No", respondió a esta pregunta. "La guerra aún no ha terminado. Pero pronto terminará, y terminará, como siempre, con los occidentales huyendo. Nosotros, los orientales, siempre salimos victoriosos".

—No —dije, al ver que se refería a las pequeñas guerras tribales de su pequeña isla—. Me refiero a la Gran Guerra, la guerra con Alemania. ¿Terminó ya? ¿Y quién salió victorioso?

Él meneó la cabeza con impaciencia.

"Nunca he oído hablar", dijo, "de ninguno de esos países extraños de los que usted habla".

Parecía increíble, y sin embargo era cierto. Quienes vivían en el epicentro de la Gran Guerra no sabían nada al respecto, aunque apenas habían pasado dos siglos desde que, según nuestro conocimiento, se desarrollaba en el apogeo de su terror titánico a su alrededor, y para nosotros, al otro lado del Atlántico, seguía siendo un tema de gran interés.

¡Aquí estaba un habitante de toda la vida de la Isla de Wight que jamás había oído hablar de Alemania ni de Inglaterra! Me volví hacia él repentinamente con una nueva pregunta.

"¿Qué gente vive en tierra firme?", pregunté, señalando hacia la costa de Hants.

"Allí no vive nadie", respondió.

Hace mucho tiempo, se dice, mi pueblo habitaba al otro lado de las aguas, en esa otra tierra; pero las bestias salvajes los devoraron en tal cantidad que finalmente fueron empujados hasta aquí, remando sobre troncos y madera flotante, y nadie se ha atrevido a regresar desde entonces, debido a las espantosas criaturas que habitan ese horrible país.

"¿Nunca llegan otros pueblos a vuestro país en barco?", pregunté.

Nunca había oído la palabra «barco» y desconocía su significado. Pero me aseguró que, hasta nuestra llegada, creía que no existían otros pueblos en el mundo aparte de los Grubitten, que consisten en los habitantes de Eastenders y Westenders de la antigua isla de Wight.

Convencidos de nuestra predisposición a la amabilidad, nuestros nuevos conocidos nos llevaron a su aldea, o, como ellos lo llaman, campamento. Allí encontramos a unas mil personas, viviendo en toscos refugios, y alimentándose de los frutos de la pesca y del marisco que se encuentra cerca de la costa, pues no tenían botes ni conocimientos sobre tales cosas.

Sus armas eran primitivas, consistentes en toscas lanzas con piezas de metal toscamente moldeadas a martillazos. Carecían de literatura y religión, y no reconocían otra ley que la del poder. Producían fuego uniendo un pedernal y acero, pero la mayoría de las veces comían crudos. El matrimonio es desconocido entre ellos, y aunque tienen la palabra «madre», no sabían a qué me refería con «padre». Los machos luchan por el favor de las hembras. Practican el infanticidio y matan a los ancianos y a los físicamente incapaces.

La familia está formada por la madre y los hijos; los hombres viven a veces en una choza y a veces en otra. Debido a sus sangrientos duelos, siempre son numéricamente inferiores a las mujeres, por lo que hay refugio para todos.

Pasamos varias horas en el pueblo, donde fuimos objeto de suma curiosidad. Los habitantes examinaron nuestra ropa y todas nuestras pertenencias, y nos hicieron innumerables preguntas sobre el extraño país del que proveníamos y cómo habíamos llegado.

Pregunté a muchos de ellos sobre acontecimientos históricos pasados, pero no sabían nada más allá de los estrechos límites de su isla y la vida salvaje y primitiva que llevaban allí. Nunca habían oído hablar de Londres, y me aseguraron que no encontraría seres humanos en tierra firme.

Muy entristecido por lo que había visto, me despedí de ellos y los tres emprendimos el regreso a la lancha, acompañados por unos quinientos hombres, mujeres, niñas y niños.

Mientras navegábamos, después de conseguir los ingredientes necesarios de nuestro combustible químico, los Grubitten se alinearon en la orilla en silencioso asombro ante la extraña visión de nuestra delicada embarcación bailando sobre las aguas centelleantes, y nos observaron hasta que nos perdimos de vista.

4

Fue durante la mañana del 6 de julio de 2137 cuando entramos en la desembocadura del Támesis, ¡hasta donde yo sé, la primera quilla occidental que cortaba esas aguas históricas en doscientos veintiún años!

Pero ¿dónde estaban los remolcadores, las barcazas, los barcos faro, las boyas y todos esos innumerables atributos que formaban la miríada de vida del antiguo Támesis?

¡Se fue! ¡Todo se fue! Solo reinaba el silencio y la desolación donde una vez se centró el comercio del mundo.

No pude evitar comparar esta otrora gran vía fluvial con las aguas que rodean Nueva York, Río, San Diego o Valparaíso. Se habían convertido en lo que son hoy durante los dos siglos de profunda paz que los marinos hemos sido propensos a deplorar. ¿Y qué, durante este mismo período, había despojado a las aguas del Támesis de su prístina grandeza?

Militarista como soy, sólo pude encontrar una sola palabra para explicarlo: ¡guerra!

Incliné la cabeza y bajé la vista hacia aquella visión solitaria y deprimente y, en un silencio que ninguno de nosotros parecía dispuesto a romper, continuamos río arriba por el desierto.

Habíamos llegado a un punto que, según mi mapa, imaginé que estaría cerca del antiguo emplazamiento de Erith, cuando descubrí una pequeña manada de antílopes a poca distancia tierra adentro. Como nos habíamos quedado sin carne una vez más, y como había renunciado a toda expectativa de encontrar una ciudad en el emplazamiento del antiguo Londres, decidí desembarcar y cazar un par de animales.

Seguro de que serían tímidos y se asustarían fácilmente, decidí acecharlos solo, diciéndoles a los hombres que esperaran en el bote hasta que los llamara para que vinieran a llevar los cadáveres de regreso a la orilla.

Arrastrándome con cuidado entre la vegetación, aprovechando los árboles y arbustos que me ofrecían refugio, llegué finalmente casi al alcance de mi presa, cuando la cabeza astada del ciervo se elevó de repente en el aire y entonces, como si obedeciera a una señal preestablecida, toda la manada se alejó lentamente, más tierra adentro.

Como su paso era lento, decidí seguirlos hasta estar nuevamente dentro del alcance, pues estaba seguro de que se detendrían y alimentarían en poco tiempo.

Debieron de guiarme al menos una milla o más antes de detenerse de nuevo y comenzar a pastar entre la espesa y exuberante hierba. Durante todo el tiempo que los seguí, mantuve la vista y el oído alerta ante cualquier señal o sonido que indicara la presencia de Felis tigris; pero hasta el momento no había percibido la más mínima señal de la bestia.

Mientras me acercaba sigilosamente al antílope, seguro esta vez de darle un buen tiro a un gran ciervo, de repente vi algo que me hizo olvidar por completo a mi presa con asombro.

Era la figura de una inmensa criatura gris negruzca, que alzaba sus colosales hombros a tres o cuatro metros y medio del suelo. Nunca en mi vida había visto una bestia así, ni la reconocí al principio, tan diferente es su apariencia de los especímenes disecados y artificiales que se conservan en nuestros museos.

Pero pronto adiviné que la poderosa criatura era *elephas africanus*, o, como lo describían comúnmente los antiguos, elefante africano.

El antílope, aunque estaba a la vista de la enorme bestia, no le prestó la más mínima atención, y yo estaba tan absorto en observar al poderoso paquidermo que me olvidé por completo de dispararle y de pronto, y de una manera bastante sorprendente, se volvió imposible hacerlo.

El elefante pastaba entre los brotes tiernos de unos arbustos bajos, moviendo sus grandes orejas y meneando su corta cola. El antílope, a escasos veinte pasos de él, seguía comiendo, cuando de repente, muy cerca de este, se oyó un rugido aterrador, y vi un cuerpo grande y leonado salir disparado, desde la vegetación oculta tras el antílope, de lleno sobre el lomo de un pequeño ciervo.

Al instante, la escena cambió de tranquilidad y paz a un caos indescriptible. El ciervo, asustado y aterrorizado, profirió gritos de agonía. Sus compañeros se dispersaron y saltaron en todas direcciones. El elefante alzó la trompa y, barritando con fuerza, se alejó pesadamente por el bosque, aplastando árboles pequeños y pisoteando arbustos en su frenética huida.

Gruñendo horriblemente, un enorme león se alzaba sobre el cuerpo de su presa; una criatura como ningún panamericano del siglo XXII había visto jamás hasta que mis ojos se posaron en este majestuoso ejemplar del «rey de las bestias». Pero qué criatura tan diferente era este demonio de ojos feroces, palpitante de vida y vigor, de pelaje lustroso, alerta, gruñendo, magnífico, de las sucias y apolilladas réplicas bajo sus vitrinas en las sofocantes salas de nuestros museos públicos.

Nunca había esperado ni imaginado ver un león, un tigre o un elefante vivo —usando los términos comunes que eran familiares para los antiguos, ya que me parecen menos difíciles de manejar que los que ahora usamos en general entre nosotros— y así fue con sentimientos no exentos de asombro que me quedé mirando a esta bestia real mientras, sobre el cadáver de su presa, rugía su desafío al mundo.

Estaba tan cautivado por el espectáculo que me olvidé por completo de mí mismo y, para poder verlo mejor, al gran león, me puse de pie y me quedé a menos de cincuenta pasos de él, a la vista de todos.

Por un momento no me vio, su atención estaba dirigida hacia el elefante que se alejaba, y tuve tiempo suficiente para deleitar mis ojos con sus espléndidas proporciones, su gran cabeza y su espesa melena negra.

¡Ah, cuántos pensamientos cruzaron por mi mente en esos breves instantes mientras permanecía allí absorto y fascinado! Había venido a encontrar una civilización maravillosa, y en cambio me encontré con un monarca salvaje del reino donde habían gobernado reyes ingleses. Un león reinaba, imperturbable, a pocos kilómetros de la sede de uno de los gobiernos más grandes que el mundo haya conocido, sus dominios un desierto aullante, donde ayer se extendían las sombras de la ciudad más grande del mundo.

Fue espantoso; pero mis reflexiones sobre este deprimente tema estaban condenadas a desaparecer repentinamente. El león me había descubierto.

Por un instante permaneció silencioso e inmóvil como una de las efigies sarnosas de mi casa, pero solo por un instante. Luego, con un rugido feroz, y sin la menor vacilación ni advertencia, cargó contra mí.

Abandonó a la presa ya muerta bajo sus pies por los placeres del delicioso bocado: el hombre. Dada la implacable caza del hombre por parte de los grandes carnívoros de la Inglaterra moderna, me veo obligado a creer que, independientemente de sus apetitos en el pasado, han cultivado un gusto macabro por la carne humana.

Mientras arrojaba mi rifle al hombro, agradecí a Dios, el antiguo Dios de mis ancestros, por haber reemplazado las balas de camisa dura en mi arma por proyectiles de punta blanda, porque aunque esta era mi primera experiencia con Felis leo, supe en el momento en que enfrenté esa carga que incluso mi arma de fuego maravillosamente perfeccionada sería tan inútil como una pistola de guisantes a menos que tuviera la oportunidad de colocar mi primera bala en un lugar vital.

A menos que lo hubieras visto, no podrías creer la velocidad de un león al embestir. Al parecer, el animal no está hecho para la velocidad, ni puede mantenerla por mucho tiempo. Pero en una distancia de cuarenta o cincuenta yardas, creo, ningún animal en la Tierra puede superarlo.

Como un rayo, se abalanzó sobre mí, pero, por suerte para mí, no perdí la cabeza. Supuse que ninguna bala lo mataría al instante. Dudaba que pudiera atravesarle el cráneo. Sin embargo, había esperanza de encontrarle el corazón a través de su pecho expuesto, o, mejor aún, de romperle el hombro o la pata delantera y levantarlo lo suficiente para dispararle más balazos y rematarlo.

Le cubrí el hombro izquierdo y apreté el gatillo cuando estaba casi encima de mí. Lo detuve. Con un aullido aterrador de dolor y rabia, el bruto rodó y rodó por el suelo casi hasta mis pies. Mientras se acercaba, le disparé dos balas más, y mientras forcejeaba por levantarse, arañándome con saña, le disparé una bala en la columna.

Eso lo liquidó, y puedo admitir que me alegré muchísimo. Había un gran árbol muy cerca, detrás de mí, y, al ponerme a su sombra, me apoyé en él, secándome el sudor de la cara, pues hacía calor y el esfuerzo y la excitación me dejaban exhausto.

Me quedé allí, descansando un momento, preparándome para dar la vuelta y volver sobre mis pasos hacia la lancha, cuando, sin previo aviso, algo zumbó por el espacio directamente hacia mí. Se oyó un golpe sordo al impactar contra el árbol, y al esquivarlo y girarme para mirarlo, vi una pesada lanza incrustada en la madera a menos de siete centímetros de donde había estado mi cabeza.

La cosa había llegado desde un lado de mí y, sin esperar a investigar en el instante, salté detrás del árbol y, rodeándolo, miré hacia el otro lado para ver a mi posible asesino.

Esta vez me encontré frente a unos hombres (la lanza me lo decía muy claramente), pero mientras no me tomaran por sorpresa o por la espalda, no les tenía mucho miedo.

Con cautela me alejé hacia el otro lado de los árboles hasta que pude ver el lugar de donde debía haber venido la lanza, y cuando lo hice vi la cabeza de un hombre que emergía de detrás de un arbusto.

El tipo era bastante similar a los que había visto en la Isla de Wight. Era peludo y desaliñado, y cuando finalmente apareció ante mis ojos, vi que vestía de la misma manera primitiva.

Se quedó un momento mirándome, buscándome, y luego avanzó. Mientras lo hacía, varios otros, exactamente como él, salieron del verdor oculto de los arbustos cercanos y lo siguieron. Manteniendo los árboles entre ellos y yo, retrocedí un poco hasta encontrar un grupo de arbustos que me ocultaría eficazmente, pues deseaba descubrir la fuerza del grupo y su armamento antes de intentar negociar con ellos.

La destrucción inútil de cualquiera de estas pobres criaturas era lo último que se me ocurría. Me habría gustado hablar con ellas, pero no quería arriesgarme a tener que usar mi rifle de alta potencia contra ellas, salvo en el último momento.

Una vez en mi nuevo escondite, los observé mientras se acercaban al árbol. Había unos treinta hombres en el grupo y una mujer, una niña que parecía tener las manos atadas a la espalda y que dos de los hombres arrastraban.

Avanzaron con cautela, escudriñando con cuidado cada arbusto y deteniéndose a menudo. Al llegar al cuerpo del león, se detuvieron, y pude ver por sus gesticulaciones y el tono agudo de sus voces que estaban muy emocionados por mi presa.

Pero pronto reanudaron su búsqueda, y mientras avanzaban, me di cuenta de repente de la brutalidad innecesaria con la que los guardias de la muchacha la trataban. Tropezó una vez, no lejos de mi escondite, y después de que el resto del grupo me hubiera pasado. Al hacerlo, uno de los hombres a su lado la levantó bruscamente y la golpeó en la boca con el puño.

Al instante mi sangre hirvió, y olvidando toda consideración de precaución, salté de mi escondite y, saltando al lado del hombre, lo derribé de un golpe.

Tan inesperado fue mi acto, que lo encontró a él y a su compañero desprevenidos; pero al instante, este último sacó el cuchillo que sobresalía de su cinturón y se abalanzó violentamente sobre mí, lanzando al mismo tiempo un salvaje grito de alarma.

La chica retrocedió al verme, con los ojos abiertos de par en par por el asombro, y entonces mi antagonista se abalanzó sobre mí. Paré su primer golpe con el antebrazo, asestándole al mismo tiempo un potente golpe en la mandíbula que lo hizo tambalearse hacia atrás; pero volvió a arremeter contra mí en un instante, aunque en ese breve lapso tuve tiempo de sacar mi revólver.

Vi a su compañero ponerse de pie lentamente, y a los demás del grupo abalanzarse sobre mí. No había tiempo para discutir, salvo con las armas que llevábamos, así que, mientras el tipo se abalanzaba sobre mí de nuevo con el cuchillo de aspecto retorcido, le tapé el corazón y apreté el gatillo.

Sin hacer ruido, se deslizó al suelo, y entonces apunté con el arma al otro guardia, que estaba a punto de atacarme. Él también se desplomó, y me quedé solo con la atónita muchacha.

El resto del grupo estaba a unos veinte pasos de nosotros, pero avanzaba rápidamente. La agarré del brazo y la arrastré tras mí, tras un árbol cercano, pues había visto que, con sus dos camaradas caídos, los demás se preparaban para lanzar sus lanzas.

Con la muchacha a salvo tras el árbol, salí a la vista del enemigo que avanzaba, gritándoles que no era ningún enemigo y que se detuvieran y me escucharan. Pero, por respuesta, solo gritaron con desdén y me lanzaron un par de lanzas, pero ambas fallaron.

Vi entonces que debía luchar, pero aun así odiaba matarlos, y solo como último recurso derribé a dos de ellos con mi rifle, deteniendo temporalmente a los demás. Les supliqué de nuevo que desistieran. Pero solo confundieron mi solicitud con miedo y, con gritos de rabia y burla, saltaron hacia adelante una vez más para abrumarme.

Ahora era evidente que debía castigarlos severamente o, yo mismo, morir y entregar a la niña de nuevo a sus captores. No tenía ni la menor intención de hacer ninguna de estas cosas, así que volví a salir de detrás del árbol y, con todo el cuidado y la deliberación propios de la práctica de tiro, comencé a eliminar a los principales asaltantes.

Uno a uno los hombres salvajes fueron cayendo, pero los otros siguieron adelante, feroces y vengativos, hasta que, quedando sólo unos pocos, parecieron darse cuenta de la inutilidad de combatir mi arma moderna con sus lanzas primitivas y, todavía aullando airadamente, se retiraron hacia el oeste.

Ahora, por primera vez, tuve la oportunidad de dirigir mi atención hacia la muchacha, que estaba parada, silenciosa e inmóvil, detrás de mí mientras yo disparaba muerte contra mis enemigos y los de ella desde mi rifle automático.

Era de estatura mediana, bien formada y con rasgos finos y definidos. Su frente era alta y sus ojos, inteligentes y hermosos. La exposición al sol había bronceado su piel suave y aterciopelada, adquiriendo un tono que parecía realzar, en lugar de estropear, la encantadora imagen de una feminidad juvenil.

Un rastro de aprensión marcaba su expresión —no puedo llamarla miedo, ya que la conozco bien— y el asombro aún se percibía en sus ojos. Permanecía erguida, con las manos aún atadas a la espalda, y me devolvió la mirada con una mirada serena y orgullosa.

"¿Qué idioma hablas?", pregunté. "¿Entiendes el mío?"

—Sí —respondió ella—. Es parecido al mío. Soy Grabritin. ¿Y tú qué eres?

"Soy panamericana", respondí. Ella negó con la cabeza. "¿Qué es eso?"

Señalé hacia el oeste. «Muy lejos, al otro lado del océano».

Su expresión se alteró un poco. Un ligero ceño frunció su frente. La aprensión se intensificó.

"Quítate la gorra", dijo, y cuando, para complacer su extraña petición, hice lo que me pidió, pareció aliviada. Luego se hizo a un lado y se inclinó, aparentemente para mirar detrás de mí. Me giré rápidamente para ver qué descubría, pero al no encontrar nada, me giré y vi que su expresión había cambiado de nuevo.

"¿No eres de allí?", y señaló hacia el este. Era una pregunta a medias. "¿No eres del otro lado del agua?"

"No", le aseguré. "Soy de Panamérica, muy al oeste. ¿Has oído hablar de Panamérica?"

Ella negó con la cabeza. «No me importa de dónde seas», explicó, «si no eres de allí, y estoy segura de que no lo eres, porque los hombres de allí tienen cuernos y cola».

Me costó mucho contener una sonrisa.

"¿Quiénes son los hombres de allí?", pregunté.

"Son hombres malos", respondió ella. Algunos de mi gente no creen que existan tales criaturas. Pero tenemos una leyenda, una leyenda muy antigua, que dice que una vez los hombres de allí cruzaron a Grabritin. Llegaron por el agua, y bajo el agua, e incluso por el aire. Llegaron en gran número, tanto que se extendieron por la tierra como una gran niebla gris. Trajeron consigo truenos, relámpagos y humo mortífero, y cayeron sobre nosotros y mataron a nuestra gente por miles y cientos de miles. Pero finalmente los obligamos a retroceder hasta la orilla, de vuelta al mar, donde muchos se ahogaron. Algunos escaparon, y esta gente nuestra los siguió: hombres, mujeres e incluso niños; los seguimos de regreso. Eso es todo. La leyenda dice que nuestra gente nunca regresó. Quizás todos fueron asesinados. Quizás aún estén allí. Pero esto también dice la leyenda: que mientras los expulsábamos por el agua, juraron que regresarían, y que cuando abandonaran nuestras costas no dejarían a ningún ser humano con vida. Temía que fueras de allí.

"¿Con qué nombre se llamaban estos hombres?", pregunté.

"Solo los llamamos 'los hombres de allí'", respondió ella, señalando hacia el este. "Nunca he oído que tuvieran otro nombre".

A la luz de lo que sabía de historia antigua, no me fue difícil adivinar la nacionalidad de aquellos a quienes ella describió simplemente como "los hombres de allá". Pero ¡qué devastación tan terrible debió causar la Gran Guerra para borrar no solo todo rastro de civilización de la faz de esta gran tierra, sino incluso el nombre del enemigo del conocimiento y la lengua del pueblo!

Solo podía explicarlo con la hipótesis de que el país había quedado completamente despoblado, salvo por unos pocos niños dispersos y olvidados, quienes, de alguna manera maravillosa, habían sido preservados por la Providencia para repoblar la tierra. Estos niños, sin duda, eran demasiado pequeños para retener en sus recuerdos y transmitir a sus hijos algo que no fuera una vaga idea del cataclismo que había asolado a sus padres.

El profesor Cortoran, desde mi regreso a Panamérica, ha sugerido otra teoría que merece ser considerada seriamente. Señala que abandonar a los niños pequeños, como mi teoría sugiere, debieron hacer los antiguos ingleses, está completamente fuera del alcance del instinto humano. Se inclina más a creer que la expulsión del enemigo de Inglaterra coincidió con las victorias generalizadas de los aliados en el continente, y que los ingleses simplemente emigraron de sus ciudades en ruinas y sus campos devastados y ensangrentados al continente, con la esperanza de encontrar, en el dominio del enemigo conquistado, ciudades y granjas que reemplazaran las que habían perdido.

El erudito profesor supone que, si bien una guerra prolongada había fortalecido en lugar de debilitar el instinto de devoción paternal, también había embotado otros instintos humanitarios y elevado a la primera magnitud la ley de la supervivencia del más apto, con el resultado de que cuando tuvo lugar el éxodo, los fuertes, los inteligentes y los astutos, junto con su descendencia, cruzaron las aguas del Canal o del Mar del Norte hacia el continente, dejando en la desdichada Inglaterra sólo a los indefensos internos de los manicomios para débiles mentales y locos.

Mis objeciones a esto, de que los actuales habitantes de Inglaterra son mentalmente aptos y por lo tanto no podrían haber descendido de una ascendencia de locura absoluta, él las descarta con la afirmación de que la locura no es necesariamente hereditaria; y que aunque en muchos casos fue un retorno a las condiciones naturales desde el estado de alta civilización, lo que se piensa que indujo la enfermedad mental en el mundo antiguo, después de varias generaciones, habría borrado por completo todo rastro de la aflicción de los cerebros y nervios de los descendientes de los maníacos originales.

Personalmente, no le doy mucha importancia a la teoría del profesor Cortoran, aunque admito que tengo prejuicios. Naturalmente, a uno no le interesa creer que el objeto de su mayor afecto descienda de un idiota farfullante y un maníaco delirante.

Pero me olvido de la continuidad de mi narración, una continuidad que deseo mantener, aunque temo que a menudo me extravíe, tan numerosos y variados son los senderos de la especulación que llevan desde la historia actual de los Grabritin al misterioso pasado de sus antepasados.

Mientras hablaba con la muchacha, me di cuenta de que todavía estaba atada y, con una palabra de disculpa, saqué mi cuchillo y corté las correas de cuero crudo que le sujetaban las muñecas a la espalda.

Ella me dio las gracias, y con una sonrisa tan dulce, que me habría parecido ampliamente recompensada por un servicio mucho más arduo.

"Y ahora", dije, "déjame acompañarte a tu casa y verte de nuevo a salvo bajo la protección de tus amigos".

—No —dijo ella con un dejo de alarma en la voz—; no debes venir conmigo. Buckingham te matará.

Buckingham. El nombre era famoso en la historia antigua inglesa. Su supervivencia, junto con la de muchos otros nombres ilustres, constituye uno de los argumentos más sólidos para refutar la teoría del profesor Cortoran; sin embargo, no abre nuevas puertas al pasado y, en general, más bien amplía el misterio que lo disipa.

"¿Y quién es Buckingham?", pregunté, "¿y por qué querría matarme?"

"Pensaría que me has robado", respondió ella, "y como me desea para sí, matará a cualquiera que crea que me desea. Mató a Wettin hace unos días. Mi madre me dijo una vez que Wettin era mi padre. Era rey. Ahora Buckingham es rey".

Aquí, evidentemente, vivía un pueblo ligeramente superior al de la Isla de Wight. Debían poseer al menos los rudimentos de un gobierno civilizado, ya que reconocían a uno de ellos como gobernante, con el título de rey. Además, conservaban la palabra «padre». La pronunciación de la muchacha, aunque distaba mucho de ser idéntica a la nuestra, era mucho más parecida que el dialecto tortuoso de los habitantes de Eastenders, en la Isla de Wight. Cuanto más hablaba con ella, más esperanza tenía de encontrar aquí, entre su gente, algún registro o tradición que pudiera ayudar a aclarar el enigma histórico de los últimos dos siglos. Le pregunté si estábamos lejos de la ciudad de Londres, pero no supo a qué me refería. Cuando intenté explicarle, describiendo imponentes edificios de piedra y ladrillo, amplias avenidas, parques, palacios e incontables personas, solo negó con la cabeza con tristeza.

"No hay ningún lugar así cerca", dijo. "Solo el Campamento de los Leones tiene lugares de piedra donde anidan las bestias, pero no hay gente allí. ¡Quién se atrevería a ir allí!", Y se estremeció.

—El Campamento de los Leones —repetí—. ¿Y dónde está eso, y qué?

"Está ahí", dijo, señalando río arriba hacia el oeste. "Lo he visto desde muy lejos, pero nunca he estado allí. Les tenemos mucho miedo a los leones, porque este es su territorio, y están furiosos porque el hombre ha venido a vivir aquí.

"Allá lejos", y señaló hacia el suroeste, "está la tierra de los tigres, que es aún peor que esta, la tierra de los leones, pues los tigres son más numerosos que los leones y tienen más hambre de carne humana. Hubo tigres aquí hace mucho tiempo, pero tanto los leones como los hombres los atacaron y los ahuyentaron".

"¿De dónde salieron estas bestias salvajes?", pregunté.

"Oh", respondió ella, "siempre han estado aquí. Es su país".

"¿No matan y se comen a tu gente?", pregunté.

A menudo, cuando nos los encontramos por casualidad y somos demasiado pocos para matarlos, o cuando uno se acerca demasiado a su campamento. Pero rara vez nos cazan, pues encuentran el alimento que necesitan entre los ciervos y el ganado salvaje, y, además, les hacemos regalos, pues ¿acaso no somos intrusos en su territorio? En realidad, vivimos en buenos términos con ellos, aunque no me gustaría encontrarme con uno si no hubiera muchas lanzas en mi grupo.

"Me gustaría visitar este Campamento de los Leones", dije.

—¡Oh, no, no debes! —gritó la chica—. ¡Eso sería terrible! Te comerían. —Por un momento, pareció sumida en sus pensamientos, pero al instante se volvió hacia mí y me dijo: —Debes irte ya, porque en cualquier momento Buckingham puede venir a buscarme. Hace tiempo que deberían haber sabido que me fui del campamento; me vigilan muy de cerca, y saldrán a buscarme. ¡Vete! Esperaré aquí hasta que vengan a buscarme.

—No —le dije—. No te dejaré sola en una tierra infestada de leones y otras bestias salvajes. Si no me dejas ir contigo hasta tu campamento, esperaré aquí hasta que vengan a buscarte.

—¡Por favor, vete! —suplicó—. Me has salvado, y yo te salvaría a ti, pero nada te salvará si Buckingham te pone las manos encima. Es un hombre malvado. Quiere tenerme como su mujer para poder ser rey. Mataría a cualquiera que se hiciera amigo mío, por miedo a que me convirtiera en la de otro.

"¿No dijiste que Buckingham ya es rey?", pregunté.

—Sí. Tomó a mi madre por esposa después de matar a Wettin. Pero mi madre morirá pronto —es muy anciana— y entonces el hombre al que pertenezco se convertirá en rey.

Finalmente, tras mucho preguntar, lo comprendí. Parece que la línea de descendencia se da por vía femenina. Un hombre es simplemente el cabeza de familia de su esposa, eso es todo. Si resulta ser la mujer de mayor edad de la casa "real", él es rey. Con mucha ingenuidad, la muchacha explicó que rara vez había dudas sobre quién era la madre de un niño.

Esto explicaba la importancia de la muchacha en la comunidad y el anhelo de Buckingham por reclamarla, aunque ella me dijo que no deseaba ser su mujer, pues él era un mal hombre y no sería un buen rey. Pero era poderoso, y ningún otro hombre se atrevía a cuestionar sus deseos.

"¿Por qué no vienes conmigo", sugerí, "si no quieres convertirte en Buckingham?"

¿A dónde me llevarías?, preguntó.

¡Dónde, sí! No había pensado en eso. Pero antes de que pudiera responder a su pregunta, negó con la cabeza y dijo: «No, no puedo dejar a mi gente. Debo quedarme y hacer lo mejor que pueda, incluso si Buckingham me atrapa, pero debes irte de inmediato. No esperes a que sea demasiado tarde. Los leones no han recibido ofrendas en mucho tiempo, y Buckingham se apoderaría del primer extraño como regalo».

No entendí bien lo que quería decir, y estaba a punto de preguntarle cuando un cuerpo pesado saltó sobre mí por detrás y unos brazos imponentes me rodearon el cuello. Luché por liberarme y volverme contra mi antagonista, pero al instante me abrumaron media docena de hombres poderosos y semidesnudos, mientras que otros veinte me rodeaban, un par de los cuales sujetaron a la chica.

Luché lo mejor que pude por mi libertad y por la de ella, pero el peso del número era demasiado grande, aunque tuve al menos la satisfacción de darles una buena pelea.

Cuando me dominaron y me quedé con las manos atadas a la espalda, al lado de la muchacha, ella me miró con compasión.

"Es una lástima que no hicieras lo que te pedí", dijo, "porque ahora ha sucedido tal como temía: Buckingham te tiene".

"¿Cuál es Buckingham?", pregunté.

—Soy Buckingham —gruñó un bruto corpulento y sucio, pavoneándose truculentamente ante mí—. ¿Y quién eres tú para robarme a mi mujer?

La muchacha tomó la palabra y trató de explicar que yo no la había robado, sino que, por el contrario, la había salvado de los hombres del "País de los Elefantes" que se la llevaban.

Buckingham se burló de su explicación y, un momento después, dio la orden que nos impulsó a todos hacia el oeste. Marchamos durante aproximadamente una hora, llegando finalmente a un conjunto de toscas chozas, construidas con ramas de árboles cubiertas con pieles y hierbas, y a veces revestidas de barro. Alrededor del campamento habían erigido un muro de árboles jóvenes con las copas puntiagudas y el fuego se endureció.

Esta empalizada era una protección contra el hombre y las bestias, y dentro de ella habitaban más de dos mil personas; los refugios estaban construidos muy cerca unos de otros, y a veces parcialmente bajo tierra, como trincheras profundas, con los postes y los cueros de arriba simplemente como protección contra el sol y la lluvia.

La parte más antigua del campamento consistía casi en su totalidad en trincheras, como si esta hubiera sido la forma original de vivienda, que poco a poco iba dando paso a las viviendas en la superficie, más secas y aireadas. En estas viviendas de trinchera vi un vestigio de las trincheras militares que formaron parte tan famosa de las operaciones de las naciones en guerra durante el siglo XX.

Las mujeres llevaban una sola piel de ciervo ligera alrededor de las caderas, pues era verano y hacía bastante calor. Los hombres también vestían una sola prenda, generalmente la piel de algún animal de presa. El cabello, tanto de hombres como de mujeres, estaba sujeto por una tira de cuero crudo que rodeaba la frente y se ataba en la espalda. En esta tira de cuero se prendían plumas, flores o colas de pequeños mamíferos. Todos llevaban collares con dientes o garras de animales salvajes, y entre ellos había numerosas pulseras y tobilleras de metal.

De hecho, presentaban todos los rasgos de un pueblo primitivo, una raza que aún no había alcanzado la cima de la agricultura ni siquiera la posesión de animales domésticos. Eran cazadores, el nivel más bajo en la evolución de la raza humana del que la ciencia tiene conocimiento.

Y, sin embargo, al contemplar sus cabezas bien formadas, sus rasgos hermosos y sus ojos inteligentes, me costaba creer que no estuviera entre los míos. Solo al considerar su modo de vida, su escasa vestimenta, la ausencia del más mínimo lujo, me vi obligado a admitir que, en realidad, no eran más que salvajes ignorantes.

Buckingham me había despojado de mis armas, aunque no tenía la menor idea de su propósito o usos, y cuando llegamos al campamento me exhibió a mí y a mis armas con toda indicación de orgullo por esta gran captura.

Los habitantes me rodeaban, examinando mi ropa y exclamando con asombro ante cada nuevo descubrimiento de botón, hebilla, bolsillo y solapa. Parecía increíble que algo así pudiera ocurrir, casi a tiro de piedra del lugar donde apenas dos siglos antes se alzaba la ciudad más grande del mundo.

Me ataron a un arbolito que crecía en medio de una de sus calles tortuosas, pero a la niña la liberaron en cuanto entramos al recinto. La gente la recibió con todo respeto mientras se apresuraba a una gran cabaña cerca del centro del campamento.

Al poco rato regresó con una mujer de pelo blanco y aspecto atractivo, que resultó ser su madre. La anciana se comportaba con una dignidad regia que parecía bastante notable en un lugar de tan primitiva miseria.

La gente se hizo a un lado al acercarse ella, abriendo paso para ella y su hija. Cuando se acercaron y se detuvieron ante mí, la anciana me habló.

"Mi hija me ha contado", dijo, "cómo la rescataste de los hombres de la región de los elefantes. Si Wettin viviera, te tratarían bien, pero Buckingham me ha apresado y ahora es rey. Nada puedes esperar de una bestia como Buckingham".

El hecho de que Buckingham estuviera a un paso de nosotros y fuera un oyente interesado no pareció moderar su expresión en lo más mínimo.

"Buckingham es un cerdo", continuó. "Es un cobarde. Atacó a Wettin por la espalda y lo atravesó con su lanza. No será rey por mucho tiempo. Alguien le hará una mueca, y saldrá corriendo y se lanzará al río".

La gente empezó a reírse disimuladamente y a aplaudir. Buckingham se puso colorado. Era evidente que no era nada popular.

—Si se atreviera —continuó la anciana—, me mataría ahora mismo, pero no se atreve. Es un cobarde. Si pudiera ayudarte, lo haría con gusto. Pero solo soy la reina, el vehículo que ha ayudado a transmitir, inmaculada, la sangre real de los días en que Grabritin era un país poderoso.

Las palabras de la anciana reina tuvieron un efecto notable en la turba de curiosos salvajes que me rodeaba. En cuanto descubrieron que la anciana reina me trataba con afecto y que había rescatado a su hija, comenzaron a mostrarse más amistosos conmigo, y oí muchas palabras en mi defensa, exigiendo que no me hicieran daño.

Pero ahora intervino Buckingham. No tenía intención de que le arrebataran su presa. Con furia y furia, ordenó a la gente que regresara a sus chozas, al tiempo que ordenó a dos de sus guerreros que me encerraran en un refugio subterráneo en una de las trincheras cerca de su propio refugio.

Allí me tiraron al suelo, me ataron los tobillos y los ataron a las muñecas por detrás. Allí me dejaron, tumbado boca abajo, una posición incómoda y tensa, a la que se sumaba el dolor donde las cuerdas se me clavaban en la carne.

Hace apenas unos días, mi mente estaba llena de la expectativa por la cálida bienvenida que encontraría entre los ingleses cultos de Londres. Hoy debería estar sentado en el lugar de honor en la mesa del banquete de uno de los clubes más exclusivos de Londres, agasajado y venerado.

¡La realidad! Allí yacía, atado de pies y manos, sin duda casi en el mismo lugar donde se encontraba una parte del antiguo Londres, pero a mi alrededor todo era un desierto primigenio, y yo era prisionero de hombres salvajes semidesnudos.

Me preguntaba qué habría sido de Delcarte, Taylor y Snider. ¿Me buscarían? Temía que nunca podrían encontrarme, pero si lo hicieran, ¿qué podrían lograr contra esta horda de guerreros salvajes?

Ojalá pudiera advertirles. Pensé en la muchacha; sin duda podría avisarles, pero ¿cómo iba a comunicarme con ella? ¿Vendría a verme antes de que me mataran? Parecía increíble que no hiciera el menor intento de ganarse mi amistad; sin embargo, según recuerdo, no hizo ningún esfuerzo por hablar conmigo después de que llegamos a la aldea. Se apresuró a ir con su madre en cuanto fue liberada. Aunque regresó con la anciana reina, ni siquiera entonces me dirigió la palabra. Empecé a tener dudas.

Finalmente, llegué a la conclusión de que no tenía ningún amigo, salvo la vieja reina. Por alguna razón inexplicable, mi ira contra la joven por su ingratitud alcanzó proporciones colosales.

Durante mucho tiempo esperé que alguien viniera a mi prisión para pedirle que le diera un mensaje a la reina, pero parecía que me habían olvidado. La tensa posición en la que yacía se volvió insoportable. Me retorcí y giré hasta que logré girarme parcialmente de lado, donde quedé medio de frente a la entrada del refugio.

De repente, mi atención fue atraída por la sombra de algo que se movía en la zanja de afuera, y un momento después apareció la figura de una niña arrastrándose sobre cuatro patas, mientras que, con los ojos muy abiertos e impulsada por la curiosidad infantil, una niñita se arrastró hasta la entrada de mi cabaña y miró hacia adentro con cautela y temor.

Al principio no hablé por miedo a asustar a la pequeña. Pero cuando me convencí de que sus ojos se habían acostumbrado a la tenue luz del interior, sonreí.

Al instante, la expresión de miedo desapareció de sus ojos y fue reemplazada por una sonrisa en respuesta.

"¿Quién eres, pequeña?", pregunté.

"Me llamo Mary", respondió. "Soy la hermana de Victoria".

"¿Y quién es Victoria?"

"¿No sabes quién es Victoria?", preguntó ella con asombro.

Negué con la cabeza.

"La salvaste de la gente del país de los elefantes, ¡y aun así dices que no la conoces!", exclamó.

—¡Ah, así que ella es Victoria, y tú eres su hermana! No había oído su nombre. Por eso no sabía a quién te referías —expliqué. Aquí estaba justo el mensajero para mí. El destino se estaba volviendo más benévolo.

"¿Harías algo por mí, Mary?", pregunté.

"Si puedo".

"Ve con tu madre, la reina, y pídele que venga a verme", dije. "Tengo un favor que pedirte".

Ella dijo que lo haría y con una sonrisa de despedida me dejó.

Durante lo que parecieron muchas horas, esperé su regreso, impaciente. La tarde avanzaba y llegó la noche, y sin embargo, nadie se me acercó. Mis captores no me trajeron comida ni agua. Sufría un dolor considerable donde las correas de cuero crudo me cortaban la carne hinchada. Pensé que se habían olvidado de mí o que su intención era dejarme allí para que muriera de hambre.

Una vez oí un gran alboroto en el pueblo. Los hombres gritaban, las mujeres chillaban y gemían. Al cabo de un rato, esto se calmó, y de nuevo hubo un largo intervalo de silencio.

Debía de haber pasado media noche cuando oí un ruido en la trinchera cerca de la cabaña. Parecían sollozos ahogados. De repente, apareció una figura, recortada contra la oscuridad más tenue al otro lado de la puerta. Se deslizó dentro de la cabaña.

"¿Estás aquí?", susurró una voz infantil.

¡Era María! Había regresado. Las correas ya no me dolían. El hambre y la sed habían desaparecido. Me di cuenta de que lo que más había sufrido había sido la soledad.

"¡María!", exclamé. "Eres una buena chica. Después de todo, has vuelto. Empezaba a pensar que no lo harías. ¿Le diste mi mensaje a la reina? ¿Vendrá? ¿Dónde está?"

Los sollozos de la niña aumentaron y se arrojó al suelo de tierra de la choza, aparentemente abrumada por el dolor.

"¿Qué pasa?", pregunté. "¿Por qué lloras?"

"La reina, mi madre, no vendrá a ti", dijo entre sollozos. "Está muerta. Buckingham la mató. Ahora se llevará a Victory, porque Victory es la reina. Nos mantuvo encerrados en nuestro refugio por miedo a que Victory se le escapara, pero cavé un hoyo bajo el muro del fondo y salí. Vine a ti porque salvaste a Victory una vez, y pensé que podrías salvarla de nuevo, y también a mí. Dime que lo harás".

"Estoy atado e indefenso, Mary", respondí. "Si no, haría lo que pudiera para salvarte a ti y a tu hermana".

"¡Te liberaré!", gritó la chica, acercándose sigilosamente a mi lado. "Te liberaré, y entonces podrás venir y matar a Buckingham".

"¡Con mucho gusto!", Asentí.

—Debemos darnos prisa —continuó, mientras forcejeaba con los duros nudos del cuero crudo, endurecido—, porque Buckingham pronto irá a por ti. Debe hacer una ofrenda a los leones al amanecer antes de poder tomar la Victoria.

¡Tomar a una reina requiere una ofrenda humana!

"¿Y yo seré la ofrenda?", pregunté.

—Sí —dijo ella, tirando de un nudo—. Buckingham ha estado deseando un sacrificio desde que mató a Wettin, para poder matar a mi madre y conseguir la Victoria.

La idea era horrible, no solo por el atroz destino al que me condenaban, sino por la contemplación que me hacía de la triste decadencia de una raza antaño ilustrada. A estas profundidades de ignorancia, brutalidad y superstición se había hundido la tan cacareada civilización de la Inglaterra del siglo XX, ¿y por qué? ¡La guerra! Sentí que la estructura de nuestros venerables argumentos militaristas se desmoronaba a mi alrededor.

Mary se esforzó con las correas que me confinaban. Se mostraron reacias, desafiando sus tiernos dedos infantiles. Sin embargo, me aseguró que me soltaría si no se adelantaban.

Pero, por desgracia, llegaron. Los oímos bajar por la trinchera, y le pedí a Mary que se escondiera en un rincón para que no la descubrieran y la castigaran. No podía hacer nada más, así que se arrastró hacia la negrura estigia que había detrás de mí.

En ese momento entraron dos guerreros. El líder demostró una forma singular de descubrir mi paradero en la oscuridad. Avanzó lentamente, pateando ferozmente. Finalmente, me dio una patada en la cara. Entonces supo dónde estaba.

Un momento después, me pusieron de pie bruscamente. Uno de los hombres se detuvo y cortó las ataduras que me sujetaban los tobillos. Apenas podía mantenerme en pie. Los dos tiraron de mí y me arrastraron a través del umbral bajo y a lo largo de la trinchera. Un grupo de cuarenta o cincuenta guerreros nos esperaba al borde de la excavación, a unos cien metros de la cabaña.

Nos bajaron las manos y nos arrastraron a la superficie. Entonces comenzó una larga marcha. Avanzamos a trompicones entre la maleza empapada de rocío, iluminados por una veintena de antorchas que nos rodeaban. Pero las antorchas no eran para iluminar el camino; eso era solo incidental. Las llevaban para alejar a los enormes carnívoros que gemían, tosían y rugían a nuestro alrededor.

Los ruidos eran espantosos. Todo el país parecía estar lleno de leones. Unos ojos verde amarillentos nos lanzaban con malicia desde la oscuridad circundante. Mi escolta llevaba lanzas largas y pesadas. Las mantenían siempre apuntando hacia la bestia de presa, y aprendí, por fragmentos de la conversación que oí por casualidad, que a veces podía haber un león capaz de desafiar incluso el terror del fuego para abalanzarse sobre una presa humana. Era para ellos que las lanzas siempre estaban preparadas.

Pero nada de eso ocurrió durante esta espantosa marcha de la muerte, y con el primer pálido presagio del amanecer alcanzamos nuestra meta: un lugar abierto en medio de un bosque intrincado y salvaje. Allí se alzaban, con una majestuosidad desmoronada, los primeros vestigios que vi de la antigua civilización que antaño había adornado la bella Albión: un único arco de mampostería desgastado por el tiempo.

—¡La entrada al Campamento de los Leones! —murmuró uno de los miembros del grupo con voz ronca por el asombro.

Aquí el grupo se arrodilló, mientras Buckingham recitaba un extraño cántico, parecido a una oración. Era bastante largo, y solo recuerdo un fragmento, que decía, si no me falla la memoria, algo así:

Señor de Grabritin, nosotros

Caer de rodillas ante ti,

Este regalo para traer.

¡Tú eres el más grande de los reyes!

¡Ante ti nos inclinamos humildemente!

Permitid que la paz llegue a nuestro campamento.

¡Dios te salve, rey!

Entonces el grupo se levantó, me arrastró hasta el arco derrumbado y me sujetó a un enorme anillo de cobre corroído que colgaba de un perno de ojo incrustado en la mampostería.

Ninguno de ellos, ni siquiera Buckingham, parecía sentir animosidad personal hacia mí. Eran rudos y brutales por naturaleza, como se supone que fueron los hombres primitivos desde los albores de la humanidad, pero no se molestaron en maltratarme.

Con la llegada del amanecer, el número de leones a nuestro alrededor parecía haber disminuido considerablemente —al menos hacían menos ruido— y mientras Buckingham y su grupo desaparecían en el bosque, dejándome solo a mi terrible destino, podía oír los gruñidos y gruñidos de las bestias, que disminuían con el sonido del cántico, que el grupo aún continuaba. Al parecer, los leones no se habían dado cuenta de que me habían dejado para su desayuno y habían seguido a sus adoradores.

Pero yo sabía que el alivio sería sólo por un corto tiempo, y aunque no deseaba morir, debo confesar que más bien deseaba que la prueba terminara y que la paz del olvido estuviera sobre mí.

Las voces de los hombres y de los leones se fueron alejando en la distancia, hasta que finalmente reinó el silencio a mi alrededor, interrumpido sólo por las dulces voces de los pájaros y el suspiro del viento de verano en los árboles.

Parecía imposible creer que en ese apacible entorno boscoso iba a ocurrir algo terrible, algo que seguramente ocurriría con el paso del próximo león que se acercara a la vista o al olor del arco derrumbado.

Me esforcé por liberarme de mis ataduras, pero solo logré apretarlas alrededor de mis brazos. Permanecí inactivo por un largo rato, dejando que las escenas de mi vida pasaran ante mi mente.

Traté de imaginar el asombro, la incredulidad y el horror que sentirían mi familia y mis amigos si, por un instante, el espacio pudiera ser aniquilado y pudieran verme en las puertas de Londres.

¡Las puertas de Londres! ¿Dónde estaba la multitud que se apresuraba a los mercados tras una noche de placer o descanso? ¿Dónde estaba el repiqueteo de los gongs de los tranvías, el chirrido de las bocinas de los coches, el murmullo de una densa multitud?

¿Dónde estaban? Y mientras hacía la pregunta, un león solitario y flaco salió de la selva enmarañada al otro lado del claro. Majestuoso y silencioso, sobre sus patas acolchadas, el rey de las bestias se movió lentamente hacia las puertas de Londres y hacia mí.

¿Tenía miedo? Me temo que casi lo tuve. Sé que pensé que el miedo me invadía, así que me enderecé, cuadré los hombros, miré al león directamente a los ojos y esperé.

No es una buena manera de morir: solo,

con las manos atadas, bajo los colmillos y las garras de una bestia de presa. No, no es una buena manera de morir, no es una forma bonita.

El león ya había recorrido la mitad del claro cuando oí un leve ruido a mis espaldas. El enorme felino se detuvo en seco. Ahora se azotaba los costados con la cola, en lugar de simplemente sacudir la punta, y su gemido bajo se convirtió en un rugido atronador.

Cuando estiré el cuello para vislumbrar lo que había despertado la furia de la bestia que estaba frente a mí, saltó por el arco de entrada y estuvo a mi lado, con los labios entreabiertos, el pecho agitado y el cabello despeinado, una visión bronceada y hermosa para unos ojos que nunca habían albergado esperanza de rescate.

Era Victoria, y en sus brazos aferraba mi rifle y mi revólver. Un cuchillo largo estaba en el cinturón de piel de ante que sujetaba firmemente la falda de ante sobre sus ágiles extremidades. Dejó caer mis armas a mis pies y, arrebatando el cuchillo de su lugar, cortó las ataduras que me sujetaban. Estaba libre, y el león se preparaba para la embestida.

"¡Corre!", le grité a la chica, mientras me

agachaba y tomaba mi rifle. Pero ella solo se quedó allí a mi lado, con la espada desenvainada en la mano.

El león se acercaba a nosotros a saltos prodigiosos. Levanté el rifle y disparé. Fue un disparo afortunado, pues no tuve tiempo de apuntar con precisión, y cuando la bestia se desplomó y rodó, sin vida, al suelo, me arrodillé y di gracias al Dios de mis antepasados.

Y, todavía de rodillas, me giré y, tomando la mano de la muchacha, la besé. Ella sonrió y puso la otra mano sobre mi cabeza.

"Tenéis costumbres extrañas en vuestro país", dijo.

No pude sino sonreír al pensar en lo extraño que les parecería a mis compatriotas verme arrodillado allí, en el sitio de Londres, besando la mano de la reina de Inglaterra.

"Y ahora", dije al levantarme, "debes regresar a la seguridad de tu campamento. Te acompañaré hasta que estés lo suficientemente cerca como para continuar solo y a salvo. Entonces intentaré regresar con mis camaradas".

"No volveré al campamento", respondió ella.

"¿Pero qué harás?", pregunté.

No lo sé. Solo que nunca regresaré mientras Buckingham viva. Preferiría morir antes que volver con él. Mary vino a mí después de que te sacaran del campamento y me lo contó. Encontré tus extrañas armas y las seguí. Me llevó un poco más de tiempo, pues a menudo tenía que esconderme entre los árboles para que los leones no me atraparan, pero llegué a tiempo, y ahora eres libre de volver con tus amigos.

"¿Y dejarte aquí?", exclamé.

Ella asintió, pero a pesar de su arrogancia, vi que la idea la asustaba. No podía dejarla, claro, pero no tenía ni idea de qué hacer, con el peso de una joven, y además una reina. Le señalé ese detalle, pero ella se encogió de hombros y señaló su cuchillo.

Era evidente que se sentía totalmente competente para protegerse.

Mientras estábamos allí, oímos voces. Venían del bosque por el que habíamos pasado al volver del campamento.

—Me buscan —dijo la niña—. ¿Dónde nos escondemos?

No me gustaba esconderme. Pero al pensar en los innumerables peligros que nos rodeaban y la relativamente poca munición que llevaba, dudé en provocar una batalla con Buckingham y sus guerreros cuando, huyendo, podía evitarlos y conservar mis cartuchos para emergencias inevitables.

"¿Nos seguirán hasta allí?", pregunté, señalando a través del arco hacia el Campamento de los Leones.

«Nunca», respondió ella, «porque, en primer lugar, sabrían que no nos atreveríamos a ir allí, y en segundo lugar, ellos mismos no se atreverían».

—Entonces nos refugiaremos en el Campamento de los Leones —dije.

Ella se estremeció y se acercó más a mí.

¿Te atreves?, preguntó ella.

"¿Por qué no?", respondí. "Estaremos a salvo de Buckingham, y has visto, por segunda vez en dos días, que los leones son inofensivos ante mis armas. Además, es más fácil encontrar a mis amigos por aquí, pues el río Támesis pasa por este lugar que llamas el Campamento de los Leones, y es más abajo donde me esperan mis amigos. ¿No te atreves a acompañarme?"

"Me atrevo a seguirte a donde sea que me guíes", respondió ella simplemente.

Y así me giré y pasé bajo el gran arco hacia la ciudad de Londres.

5

A medida que nos adentrábamos en lo que una vez fue la ciudad, las evidencias de la ocupación humana se hacían más frecuentes. A una milla del arco solo había un alboroto de maleza, maleza y árboles que cubrían pequeños montículos y pequeños montículos que, estaba seguro, estaban formados por las ruinas de majestuosos edificios de un pasado lejano.

Pero pronto llegamos a un distrito donde los muros destrozados aún alzaban sus cimas desmoronadas en triste silencio sobre los sepulcros cubiertos de hierba de sus compañeros caídos. Suavizados y ablandados por la hiedra centenaria, se erguían estos centinelas del dolor, con sus rostros marcados por las cicatrices aún revelando las grietas y desgarros de la metralla y las bombas.

Contrariamente a nuestras expectativas, encontramos pocos indicios de que grandes cantidades de leones anidaran en esta parte del antiguo Londres. Senderos trillados, moldeados por patas acolchadas, conducían a través de las cavernosas ventanas o portales de algunas de las ruinas que pasamos, y en una ocasión vimos el rostro feroz de un gran león de melena negra que nos observaba ceñudo desde un balcón de piedra destrozado.

Seguimos la orilla del Támesis tras llegar a él. Estaba ansioso por contemplar con mis propios ojos el famoso puente, y supuse, además, que el río me llevaría a la parte de Londres donde se alzaban la Abadía de Westminster y la Torre.

Al darme cuenta de que la zona por la que habíamos pasado era sin duda periférica y, por lo tanto, no tan poblada de grandes estructuras como la parte más céntrica del casco antiguo, estaba seguro de que río abajo encontraría ruinas más grandes. El puente estaría allí, al menos en parte, y así quedarían los muros de muchos de los grandes edificios del pasado. No habría ruinas tan completas de grandes estructuras como las que había visto entre los edificios más pequeños.

Pero cuando llegué a la parte de la ciudad donde pensé que se encontraban las reliquias que buscaba, encontré que allí se habían producido estragos aún mayores que en cualquier otro lugar.

En un punto del seno del Támesis se alza, a pocos metros del agua, un único montículo de mampostería en descomposición. Frente a él, a ambas orillas del río, se encuentran montones de ruinas derruidas, cubiertas de vegetación.

Me veo obligado a creer que esto es todo lo que queda del Puente de Londres, ya que en ningún otro lugar a lo largo del río hay la más mínima señal de muelle o estribo.

Al rodear la base de un gran montón de escombros cubiertos de hierba, nos topamos de repente con la ruina mejor conservada que habíamos descubierto hasta entonces. Toda la planta baja y parte del segundo piso de lo que debió haber sido un espléndido edificio público se alzaban sobre un gran montículo de arbustos y árboles, mientras que la hiedra, espesa y frondosa, trepaba hasta la cima de los muros derruidos.

En muchos lugares, la piedra gris aún estaba expuesta, con su superficie suavemente cincelada marcada por las cicatrices de la batalla. El enorme portal se abría, sombrío y triste, ante nosotros, dejando entrever los salones de mármol de su interior.

La tentación de entrar era demasiado grande. Deseaba explorar el interior de este único monumento de civilización, ahora indestructible. Por este mismo portal, dentro de estos mismos salones de mármol, Gray, Chamberlin, Kitchener y Shaw, tal vez, habían entrado y salido junto con los otros grandes del pasado.

Tomé la mano de Victoria en la mía.

—¡Ven! —dije—. Desconozco el nombre de esta gran pila, ni los propósitos que cumplía. Puede que fuera el palacio de tus progenitores, Victoria. Desde algún gran trono en su interior, tus antepasados pudieron haber dirigido los destinos de medio mundo. ¡Ven!

Debo confesar que sentí un gran asombro al entrar en la rotonda del gran edificio. Piezas de mobiliario macizo de otros tiempos aún se mantenían donde el hombre las había colocado siglos atrás. Estaban cubiertas de polvo, piedras rotas y yeso, pero, por lo demás, su conservación era tan perfecta que me costaba creer que hubieran pasado dos siglos desde la última vez que los ojos humanos las vieron.

Deambulamos de la mano por una gran sala tras otra, mientras Victory me hacía muchas preguntas y por primera vez comencé a darme cuenta de algo de la magnificencia y el poder de la raza de cuyos lomos ella había surgido.

Espléndidos tapices, ahora mohosos y podridos, colgaban de las paredes. También había pinturas murales que representaban grandes acontecimientos históricos del pasado. Por primera vez, Victory vio la imagen de un caballo, y quedó profundamente impresionada por un enorme óleo que representaba una antigua carga de caballería contra una batería de cañones de campaña.

En otras fotos había barcos de vapor, acorazados, submarinos y trenes de aspecto pintoresco; todos pequeños y anticuados para mí, pero maravillosos para Victory. Me dijo que le gustaría quedarse el resto de su vida donde pudiera contemplar esas fotos a diario.

Pasamos de habitación en habitación hasta que finalmente llegamos a una enorme cámara, oscura y lúgubre, pues sus altas y estrechas ventanas estaban obstruidas por la hiedra. A lo largo de una pared artesonada, tanteamos, mientras nuestros ojos se acostumbraban poco a poco a la oscuridad. Un olor fétido y penetrante impregnaba la atmósfera.

Habíamos recorrido aproximadamente la mitad de la distancia a través de un extremo del gran apartamento cuando un gruñido bajo proveniente del otro extremo nos hizo detenernos sobresaltados.

Forzando la vista en la penumbra, distinguí una tarima elevada en el extremo opuesto del pasillo. Sobre ella había dos grandes sillas de respaldo alto y brazos anchos.

¡El trono de Inglaterra! ¿Pero qué eran esas extrañas formas?

La victoria me dio un rápido y emocionado apretón en la mano.

"¡Los leones!", susurró.

¡Sí, leones! Desparramadas sobre el estrado había una docena de figuras enormes, mientras que en el asiento de uno de los tronos un pequeño cachorro dormía acurrucado.

Mientras permanecíamos allí un momento, hechizados por la visión de aquellas temibles criaturas que ocupaban los tronos de los soberanos de Inglaterra, el gruñido bajo se repitió y un gran macho se puso lentamente de pie.

Sus ojos diabólicos atravesaron la penumbra hacia nosotros. Había descubierto al intruso. ¿Qué derecho tenía el hombre a entrar en este palacio de las bestias? Abrió de nuevo sus gigantescas fauces, y esta vez retumbó un rugido de advertencia.

Al instante, ocho o diez de las otras bestias se pusieron en pie de un salto. El gran animal que nos había avistado ya avanzaba lentamente en nuestra dirección. Tenía mi rifle listo, pero qué inútil parecía ante esta horda salvaje.

La bestia que iba delante echó a trotar lentamente, y tras sus talones venían las demás. Todas rugían ahora, y el estruendo de sus grandes voces resonaba por los salones y corredores del palacio formando el coro más aterrador de estruendo salvaje imaginable.

Y entonces el líder cargó, y en medio del espantoso pandemonio, estalló el agudo estallido de mi rifle, una, dos, tres veces. Tres leones rodaron, forcejeando y mordiendo, al suelo. Victory me agarró del brazo con un rápido: "¡Por aquí! Aquí hay una puerta", y un momento después estábamos en una diminuta antecámara al pie de una estrecha escalera de piedra.

Retrocedimos, con Victoria justo detrás de mí, mientras el primero de los leones restantes saltaba de la sala del trono y se dirigía a las escaleras. Disparé de nuevo, pero otras bestias feroces saltaron sobre sus compañeros caídos y nos persiguieron.

Las escaleras eran muy estrechas, eso fue todo lo que nos salvó, pues mientras subía lentamente, solo un león podía atacarme a la vez, y los cadáveres de los que maté impidieron los ataques de los demás.

Por fin llegamos a la cima. Había un largo pasillo con muchas puertas. Una, justo detrás de nosotros, estaba cerrada herméticamente. Si lográbamos abrirla y pasar a la cámara que había detrás, podríamos encontrar un respiro del ataque.

Los leones restantes rugían espantosamente. Vi a uno subiendo sigilosamente las escaleras hacia nosotros.

"Prueba esa puerta", le grité a Victory. "A ver si se abre".

Ella corrió hacia él y lo empujó.

"¡Gira el pomo!", grité, al ver que no sabía abrir una puerta, pero tampoco sabía a qué me refería con pomo.

Disparé una bala en la columna vertebral del león que se acercaba y salté al lado de Victoria. La puerta resistió mis primeros intentos de abrirla hacia adentro. Las bisagras oxidadas y la madera hinchada la mantuvieron cerrada. Pero al final cedió, y justo cuando otro león subía a lo alto de la escalera, se abrió y empujé a Victoria a través del umbral.

Entonces me giré para enfrentar el renovado ataque del salvaje enemigo. Un león cayó en seco, otro se tambaleó hasta mis pies, y entonces salté dentro y cerré el portal de golpe.

Una rápida mirada me mostró que ésta era la única puerta del pequeño apartamento en el que habíamos encontrado refugio y, con un suspiro de alivio, me apoyé un momento contra los paneles de la sólida barrera que nos separaba de los demonios que corrían afuera.

Al otro lado de la habitación, entre dos ventanas, había un escritorio plano. Un pequeño montón de huesos blancos y marrones yacía encima, cerca del borde opuesto. Tras un momento de descanso, crucé la habitación para investigar. Lo blanco eran los huesos humanos descoloridos: el cráneo, las clavículas, los brazos y algunas costillas superiores de un hombre. Lo marrón era el polvo de una gorra y una blusa militares deterioradas. En una silla, delante del escritorio, había otros huesos, y aún más esparcidos por el suelo, debajo del escritorio y alrededor de la silla. Un hombre había muerto allí sentado, con el rostro hundido entre los brazos, hacía doscientos años.

Debajo del escritorio había un par de botas militares con espuelas, verdes y podridas por la descomposición. En ellas se encontraban los huesos de la pierna de un hombre. Entre los diminutos huesos de las manos había una pluma estilográfica antigua, tan buena, al parecer, como el día en que se fabricó, y un cuaderno de notas con tapa metálica, cerrado sobre los huesos de un dedo índice.

Era una visión espantosa, una visión lamentable, la de este solitario habitante del poderoso Londres.

Cogí el cuaderno de notas con tapa metálica. Sus páginas estaban podridas y pegadas. Solo aquí y allá se podía leer una frase o parte de ella. Lo primero que pude leer fue casi la mitad del pequeño volumen:

"Su Majestad partió hoy hacia Tunbridge Wells, él... Su Majestad estaba afligida... ayer. Dios quiera que no muera... soy gobernador militar de Londres...".

Y más adelante:

"Es horrible... cien muertos hoy... peor que el bombardeo...".

Más cerca del final seleccioné lo siguiente:

"Le prometí a su mayor... que me encontraría aquí cuando se jubilara... solo".

El pasaje más legible estaba en la página siguiente:

Gracias a Dios que los expulsamos. Hoy no queda ni un solo hombre en suelo británico; pero ¡qué terrible precio! Intenté persuadir a Sir Phillip para que instara a la gente a quedarse. Pero están locos de miedo a la Muerte y furiosos con nuestros enemigos. Me dice que las ciudades costeras están abarrotadas, esperando ser conquistadas. ¿Qué será de Inglaterra, sin nadie que pueda reconstruir sus ciudades destrozadas?

Y la última entrada:

"...solo. Solo las bestias salvajes... Un león ruge ahora bajo las ventanas del palacio. Creo que la gente temía a las bestias incluso más que a la Muerte. Pero se han ido, todos se han ido, ¿y a qué? ¿Qué mejores condiciones encontrarán en el continente? Todos se han ido; solo quedo yo. Se lo prometí a Su Majestad, y cuando regrese verá que cumplí mi promesa, pues lo estaré esperando. ¡Dios salve al Rey!"

Eso fue todo. Este valiente y eterno oficial murió noblemente en su puesto, fiel a su patria y a su rey. Fue la Muerte, sin duda, la que se lo llevó.

Algunas de las entradas estaban fechadas. Por las pocas letras y cifras legibles que quedaban, deduzco que el final llegó en algún momento de agosto de 1937, pero no estoy del todo seguro.

El diario ha aclarado al menos un misterio que me tenía bastante intrigado, y ahora me sorprende no haber adivinado yo mismo su solución: la presencia de bestias africanas y asiáticas en Inglaterra.

Aclimatados por años de confinamiento en los jardines zoológicos, estaban preparados para reanudar en Inglaterra la existencia salvaje para la cual la naturaleza los había destinado, y una vez libres, evidentemente se habían reproducido prolíficamente, en marcado contraste con los exóticos cautivos de Panamérica del siglo XX, que gradualmente se habían vuelto menos numerosos hasta que se extinguieron en algún momento durante el siglo XXI.

El palacio, si es que lo era, se encontraba no lejos de las orillas del Támesis. La habitación donde estábamos presos daba al río, y decidí intentar escapar por allí.

Descender por el palacio era impensable, pero afuera no vimos leones. Los tallos de la hiedra que trepaban por la ventana de la habitación eran tan grandes como mi brazo. Sabía que soportarían nuestro peso, y como no ganaríamos nada quedándonos más tiempo en el palacio, decidí descender por la hiedra y seguir río abajo en dirección a la lancha.

Naturalmente, la presencia de la muchacha me impedía mucho. Pero no podía abandonarla, aunque no tenía ni idea de qué hacer con ella tras reunirme con mis compañeros. Estaba seguro de que sería una carga y una vergüenza, pero ella me había dejado igualmente claro que jamás regresaría con su gente para aparearse con Buckingham.

Le debía la vida, y, dejando de lado cualquier otra consideración, eso exigía suficiente de mi gratitud y mi honor como para soportar cualquier inconveniente a su servicio. Además, era reina de Inglaterra. Pero, con mucho, el argumento más poderoso a su favor era que era una mujer en apuros, joven y muy hermosa.

Y así, aunque deseé mil veces que volviera a su campamento, nunca dejé que lo adivinara, sino que hice todo lo que estaba a mi alcance para servirla y protegerla. Ahora doy gracias a Dios por haberlo hecho.

Mientras los leones seguían moviéndose de un lado a otro tras la puerta cerrada, Victory y yo cruzamos la habitación hacia una de las ventanas. Le había explicado mi plan, y ella me había asegurado que podía descender por la hiedra sin ayuda. De hecho, sonrió levemente ante mi pregunta.

Me balanceé hacia afuera, comencé el descenso y había llegado a unos pocos pies del suelo, estando justo enfrente de una ventana estrecha, cuando me sobresalté por un gruñido salvaje casi en mi oído, y luego una gran pata con garras salió disparada de la abertura para agarrarme, y vi la cara gruñona de un león dentro de la tronera.

Soltando mi agarre de la hiedra, caí la distancia restante hasta el suelo, salvándome de la laceración solo porque la pata del león golpeó el grueso tallo de hiedra.

La criatura armaba un estruendo espantoso, saltando desde el suelo hasta el amplio alféizar de la ventana, desgarrando la mampostería con sus garras en vanos intentos de alcanzarme. Pero la abertura era demasiado estrecha y la mampostería demasiado sólida.

La victoria había comenzado el descenso, pero le grité que se detuviera justo encima de la ventana y, cuando el león reapareció, gruñendo y rugiendo, le puse una bala del calibre 33 en la cara y, en ese mismo momento, la victoria pasó rápidamente junto a él y cayó en mis brazos en alto que la esperaban.

El rugido de las bestias que nos habían descubierto, unido al disparo de mi fusil, había provocado en los feroces habitantes del palacio el más espantoso alboroto que jamás haya oído.

Temía que no pasara mucho tiempo antes de que la inteligencia o el instinto los sacaran del interior y los pusieran en nuestra pista, el río. Apenas lo habíamos alcanzado cuando un león dobló la esquina del edificio que acabábamos de abandonar y se quedó mirando a su alrededor como si nos buscara.

Tras ellos, venían otros, mientras Victory y yo nos agazapábamos tras un grupo de arbustos cerca de la orilla del río. Las bestias olfatearon el suelo un rato, pero no se acercaron al lugar donde nos habíamos parado bajo la ventana que nos había dado escape.

En ese momento, un macho de melena negra levantó la cabeza y, con las orejas erguidas y los ojos brillantes, miró fijamente al arbusto tras el cual nos encontrábamos. Juraría que nos había descubierto, y cuando dio unos pasos cortos y majestuosos en nuestra dirección, levanté mi rifle y lo cubrí. Pero, tras un largo y tenso momento, apartó la mirada y se giró para mirar en otra dirección.

Solté un suspiro de alivio, y Victoria también. Sentía su cuerpo estremecerse mientras yacía apretada contra mí, nuestras mejillas casi rozándose mientras ambas mirábamos por la misma pequeña abertura en el follaje.

Me giré para ofrecerle una sonrisa tranquilizadora cuando el león indicó que no nos había visto, y al hacerlo, ella también giró su rostro hacia el mío, sin duda con el mismo propósito. En fin, al girar nuestras cabezas simultáneamente, nuestros labios se rozaron. Una expresión de sorpresa se dibujó en los ojos de Victoria mientras retrocedía, evidentemente confundida.

En cuanto a mí, la sensación más extraña que jamás he experimentado me invadió por un instante. Un extraño hormigueo me recorrió las venas y me dio vueltas la cabeza. No podía explicarlo.

Naturalmente, siendo oficial naval y, por consiguiente, en la mejor sociedad de la federación, he conocido mucho a las mujeres. Junto con otros, me he reído de las afirmaciones de los sabios de que el hombre moderno es una creación fría y desapasionada en comparación con los varones de épocas pasadas; en una palabra, que el amor, como la gran pasión, había dejado de existir.

Ahora no sé si estaban más cerca de la verdad de lo que suponíamos, al menos en lo que respecta a la mujer civilizada moderna. He besado a muchas mujeres —jóvenes y hermosas, de mediana edad y mayores, y muchas a las que no tenía derecho a besar—, pero nunca antes había experimentado esa extraordinaria y deliciosa emoción que siguió al roce accidental de mis labios con los labios de Victory.

El suceso me interesó y estuve tentado de experimentar más. Pero cuando lo intenté, otra fuerza nueva y completamente inexplicable me detuvo. Por primera vez en mi vida, me sentí incómodo en presencia de una mujer.

No sé qué más habría sucedido, pues en ese momento nos descubrió una leona diabla, con una mirada más penetrante que la de su amo y señor. Vino trotando hacia nuestro escondite, gruñendo y enseñando sus colmillos amarillos.

Esperé un instante, con la esperanza de equivocarme y de que se desviara hacia otra dirección. Pero no: aceleró el trote hasta convertirse en galope, y entonces le disparé, pero la bala, aunque le dio de lleno en el pecho, no la detuvo.

Gritando de dolor y rabia, la criatura prácticamente voló hacia nosotros. Tras ella venían otros leones. Nuestra situación parecía desesperada. Estábamos al borde del río. No parecía haber escapatoria, y sabía que ni siquiera mi moderno rifle automático era suficiente ante tantas de estas feroces bestias.

Quedarnos donde estábamos habría sido un suicidio. Ambos estábamos de pie, Victoria manteniéndose valiente a mi lado, cuando tomé la única decisión que me quedaba.

Tomando la mano de la muchacha, me giré, justo cuando la leona se estrelló contra el lado opuesto de los arbustos y, arrastrando a Victory detrás de mí, saltó por el borde de la orilla hacia el río.

No sabía que a los leones no les gusta el agua, ni tampoco sabía si Victory sabía nadar, pero la muerte, inmediata y terrible, nos acechaba si nos quedábamos, así que me arriesgué.

En ese momento la corriente corrió cerca de la orilla, de modo que inmediatamente estuvimos en aguas profundas y, para mi intensa satisfacción, Victory atacó con una fuerte palada por encima de la cabeza y disipó todos mis temores sobre ella.

Pero mi alivio duró poco. Esa leona, como ya he dicho, era un auténtico demonio. Se quedó un momento mirándonos fijamente, y luego, como una flecha, se lanzó al río y nadó velozmente tras nosotros.

La victoria estaba un largo por delante de mí.

—¡Nada hacia la otra orilla! —le grité.

Mi rifle me impedía mucho nadar con una mano mientras sujetaba mi preciada arma con la otra. La chica había visto a la leona meterse en el agua y también había visto que yo nadaba mucho más despacio que ella, ¿y qué hizo? Empezó a retroceder a mi lado.

"¡Adelante!", grité. "Vayan a la otra orilla y luego síganme hasta encontrar a mis amigos. Diles que los envío yo y que tienen órdenes de protegerlos. ¡Adelante! ¡Adelante!"

Pero ella sólo esperó hasta que volvimos a nadar uno al lado del otro, y vi que había sacado su largo cuchillo y lo sostenía entre sus dientes.

—¡Haz lo que te digo! —le dije bruscamente, pero ella negó con la cabeza.

La leona nos adelantaba rápidamente. Nadaba en silencio, con la barbilla apenas rozando el agua, pero la sangre le manaba de los labios. Era evidente que tenía los pulmones perforados.

Estaba casi sobre mí. Vi que en un instante me tomaría bajo sus patas delanteras o me atraparía con sus enormes fauces. Sentí que había llegado mi hora, pero estaba dispuesto a morir luchando. Así que me giré y, a flote, levanté mi rifle por encima de la cabeza y la esperé.

La Victoria, animada por una valentía no menos feroz que la de la bestia que nos atacaba, nadó directamente hacia mí. Todo sucedió tan rápido que no puedo recordar los detalles de la acción caleidoscópica que siguió. Supe que me elevé del agua y, con el rifle en la mano, le asesté al animal un golpe tremendo en el cráneo; que vi a la Victoria, con su larga espada reluciendo en la mano, cerca, golpeando a la bestia; que una gran garra cayó sobre su hombro, y que fui arrastrado bajo la superficie del agua como una brizna de hierba ante la proa de un carguero.

Aún aferrado a mi rifle, me levanté de nuevo y vi a la leona forcejeando en su agonía a un brazo de distancia de mí. Apenas me había levantado, la bestia se giró de lado, forcejeó frenéticamente por un instante y luego se desplomó.

6

La victoria no se vislumbraba. Solo, flotaba sobre el seno del Támesis. En ese breve instante creo que sufrí más angustia mental de la que he acumulado en toda mi vida, antes o después. Unas horas antes, había deseado librarme de ella, y ahora que se había ido, habría dado mi vida por recuperarla.

Con cansancio, me giré para nadar por el lugar donde había desaparecido, con la esperanza de que al menos se levantara una vez y así tener la oportunidad de salvarla. Al girarme, el agua hirvió ante mi rostro y su cabeza se alzó de golpe. Estaba a punto de abalanzarme sobre ella para atraparla, cuando una sonrisa de felicidad iluminó su rostro.

—¡No estás muerta! —gritó—. Te he estado buscando en el fondo. Estaba segura de que el golpe que te dio te dejó inválida —y miró a su alrededor buscando a la leona.

¿Se ha ido?, preguntó.

"Muerto", respondí.

"El golpe que le diste con eso que llamas rifle la aturdió", explicó, "y luego nadé lo suficientemente cerca como para clavarle mi cuchillo en el corazón".

¡Ah, qué chica! No pude evitar preguntarme qué habría hecho una de nuestras mujeres panamericanas en circunstancias similares. Pero claro, la necesidad no las ha entrenado para afrontar las emergencias y los peligros de la vida salvaje y primitiva.

A lo largo de la orilla que acabábamos de abandonar, una veintena de leones paseaban de un lado a otro, rugiendo amenazadoramente. No pudimos regresar, así que nos dirigimos hacia la orilla opuesta. Soy un buen nadador y no dudaba de mi capacidad para cruzar el río, pero no estaba tan seguro de Victory, así que nadé cerca de ella para estar listo para ayudarla si la necesitaba.

Sin embargo, no llegó a la orilla opuesta tan fresca, al parecer, como cuando entró al agua. La victoria es una maravilla. Cada día que pasábamos juntos traía nuevas pruebas de ello. Y no fue solo su valentía ni su vitalidad lo que me asombró. ¡Tenía una cabeza sobre esos hombros bien formados, y dignidad! ¡Caramba, cómo podía ser majestuosa cuando quería!

Me dijo que había menos leones en esta orilla del río, pero que había muchos lobos, que corrían en grandes manadas más tarde en el año. Ahora estaban en algún lugar del norte, y no tendríamos mucho que temerles, aunque podríamos encontrarnos con algunos.

Mi primera preocupación fue desmontar mis armas y secarlas, lo cual fue bastante difícil dado que cada trapo que me rodeaba estaba empapado. Pero finalmente, gracias al sol y a muchos roces, lo logré, aunque no tenía aceite para lubricarlas.

Comimos algunas bayas silvestres y raíces que encontró Victory, y luego partimos nuevamente río abajo, atentos a la caza en un lado y a la lancha en el otro, pues pensé que Delcarte, que sería el líder natural durante mi ausencia, podría subir por el Támesis en mi busca.

El resto del día buscamos en vano presas o la lancha, y al anochecer nos tumbamos, con el estómago vacío, a dormir bajo las estrellas. Estábamos totalmente desprotegidos del ataque de las fieras, y por eso permanecí despierto la mayor parte de la noche, en guardia. Pero nada se acercaba, aunque oía rugir a los leones al otro lado del río, y en una ocasión creí oír el aullido de una fiera al norte de nosotros; podría haber sido un lobo.

En conjunto, fue una noche de lo más desagradable y decidí entonces que si nos veíamos obligados a dormir a la intemperie otra vez, debería proporcionarnos algún tipo de refugio que nos protegiera de cualquier ataque mientras dormíamos.

Hacia la mañana me quedé dormido y el sol ya estaba bien alto cuando Victory me despertó sacudiendo suavemente mi hombro.

"¡Antílope!", me susurró al oído, y al levantar la cabeza, señaló río arriba. Arrastrándome hasta las rodillas, miré en la dirección que me indicó y vi un ciervo de pie sobre un pequeño montículo a unos doscientos metros de nosotros. Había una buena cobertura entre el animal y yo, así que, aunque podría haberle dado a doscientos metros, preferí acercarme a él y asegurarme de la carne que tanto ansiábamos.

Había recorrido unos cincuenta metros de distancia, y la bestia seguía comiendo tranquilamente, así que pensé que le daría aún más seguro si avanzaba otros cincuenta metros, cuando de repente el animal levantó la cabeza y miró hacia otro lado, río arriba. Su actitud revelaba que estaba asustado por algo que yo no podía ver.

Al darme cuenta de que podría escapar y que entonces probablemente fallaría por completo, me llevé el rifle al hombro. Pero justo en ese momento, el animal saltó por los aires, y al mismo tiempo se oyó un disparo desde más allá del montículo.

Por un instante me quedé atónito. Si la detonación hubiera venido río abajo, habría pensado al instante que uno de mis hombres había disparado. Pero viniendo río arriba, me desconcertó considerablemente. ¿Quién podría tener armas de fuego en la primitiva Inglaterra aparte de nosotros, los de Coldwater?

Victory estaba justo detrás de mí, y le indiqué que se tumbara, como yo hice, detrás del arbusto desde el que estaba a punto de dispararle al antílope. Vimos que el ciervo estaba completamente muerto, y desde nuestro escondite esperamos a descubrir la identidad de su matador cuando este se acercara a reclamar su presa.

No tuvimos que esperar mucho, y cuando vi la cabeza y los hombros de un hombre aparecer sobre la cima del montículo, salté de pie con un sincero grito de alegría, porque era Delcarte.

Al oír mi voz, Delcarte alzó a medias su fusil, listo para el ataque enemigo, pero un momento después me reconoció y venía rápidamente a nuestro encuentro. Detrás de él estaba Snider. Ambos se quedaron atónitos al verme en la orilla norte del río, y mucho más al ver a mi compañero.

Luego les presenté a Victoria y les dije que era reina de Inglaterra. Al principio, pensaron que bromeaba. Pero cuando les conté mis aventuras y comprendieron que hablaba en serio, me creyeron.

Me dijeron que me habían seguido hasta la costa cuando aún no había regresado de cazar, que se habían topado con los hombres de la región de los elefantes y que habían tenido una breve y desfavorable batalla con ellos. Y que después habían regresado a la lancha con un prisionero, por quien supieron que probablemente había sido capturado por los hombres de la región de los leones.

Con el prisionero como guía, habían remontado el río en mi busca, pero se habían retrasado mucho por problemas con el motor, y finalmente acamparon al anochecer, a media milla más arriba del lugar donde Victory y yo pasamos la noche. Debieron de pasarnos en la oscuridad, y no sé por qué no oí el sonido de la hélice, a menos que me pasara justo cuando los leones armaban un estruendo ensordecedor en la orilla opuesta.

Llevando el antílope con nosotros, regresamos a la lancha, donde encontramos a Taylor tan encantado de verme con vida como lo había estado Delcarte. No puedo decir con certeza que Snider mostrara mucho entusiasmo por mi rescate.

Taylor había encontrado los ingredientes para el combustible químico, y su destilación, sumada al problema con el motor, había explicado el retraso en partir tras mí.

El prisionero que Delcarte y Snider habían tomado era un joven poderoso de la región de los elefantes. A pesar de que todos le habían asegurado lo contrario, aún no podía creer que no lo mataríamos.

Nos aseguró que su nombre era Treinta y seis, y como no podía contar más de diez, estoy seguro de que no tenía idea del significado correcto de la palabra, y que pudo haberle sido transmitida ya sea por el número militar de un antepasado que había servido en las filas inglesas durante la Gran Guerra, o que originalmente era el número de algún regimiento famoso con el que luchó un antepasado.

Ahora que estábamos reunidos, celebramos un consejo para determinar qué rumbo tomar en el futuro inmediato. Snider seguía estando a favor de zarpar y regresar a Pan-America, pero el buen juicio de Delcarte y Taylor ridiculizó la sugerencia: no habríamos sobrevivido ni dos semanas.

Permanecer en Inglaterra, constantemente amenazada por bestias salvajes y hombres igualmente salvajes, parecía casi igual de malo. Sugerí cruzar el Canal y averiguar si podíamos descubrir un pueblo más ilustrado y civilizado en el continente. Estaba seguro de que algún vestigio de la antigua cultura y la grandeza de Europa debía permanecer. Alemania, probablemente, sería muy parecida a lo que fue durante el siglo XX, pues, al igual que la mayoría de los panamericanos, estaba seguro de que Alemania había salido victoriosa de la Gran Guerra.

Snider se opuso a la sugerencia. Dijo que ya era bastante malo haber llegado tan lejos. No quería empeorar las cosas yendo al continente. El resultado fue que finalmente perdí la paciencia y le dije que, de ahí en adelante, haría lo que yo considerara mejor: que me proponía asumir el mando del grupo y que todos se consideraran bajo mis órdenes, tanto como si aún estuviéramos a bordo del Coldwater y en aguas panamericanas.

Delcarte y Taylor me aseguraron inmediatamente que no habían supuesto ni por un instante nada diferente y que estaban tan dispuestos a seguirme y obedecerme aquí como lo estarían al otro lado de los treinta.

Snider no dijo nada, pero tenía el ceño fruncido. Y deseé entonces, como antes, y como desearía con mucha más intensidad después, que el destino no hubiera decretado que formara parte del grupo de la lancha aquel memorable día en que salimos por última vez del Coldwater.

Victoria, a quien se le dio voz en nuestros consejos, estaba totalmente a favor de ir al continente, o a cualquier otro lugar, de hecho, donde pudiera ver nuevos paisajes y experimentar nuevas aventuras.

"Después podremos regresar a Grabritin", dijo, "y si Buckingham no está muerto y podemos atraparlo lejos de sus hombres y matarlo, entonces podré regresar con mi gente y todos podremos vivir en paz y felicidad".

Habló de matar a Buckingham sin mayor preocupación que la que se podría mostrar ante la contemplativa destrucción de una oveja; sin embargo, no era cruel ni vengativa. De hecho, Victory es una mujer muy dulce y femenina. Pero la vida humana cuenta poco después de los treinta: un legado de los días sangrientos en que miles de hombres perecieron en las trincheras entre la salida y la puesta del sol, cuando los tendían a lo largo en esas mismas trincheras y los esparcían tierra encima, cuando los alemanes acordonaban sus cadáveres como si fueran leña y les prendían fuego, cuando mujeres, niños y ancianos eran masacrados, y grandes buques de pasajeros eran torpedeados sin previo aviso.

Treinta y seis, finalmente seguro de que no teníamos intención de matarlo, estaba tan ansioso por acompañarnos como Victory.

La travesía hacia el continente transcurrió sin incidentes, aunque su monotonía se vio aliviada por el deleite infantil de Victory y Treinta y seis ante la novedosa experiencia de viajar con seguridad en el seno del agua y de estar tan lejos de la tierra.

Con la posible excepción de Snider, el pequeño grupo parecía de muy buen humor, riendo y bromeando, o discutiendo con interés las posibilidades que nos deparaba el futuro: lo que encontraríamos en el continente y si los habitantes serían pueblos civilizados o bárbaros.

Victory me pidió que le explicara la diferencia entre ambas, y cuando intenté hacerlo lo más claramente posible, soltó una alegre carcajada.

—¡Oh! —exclamó—. ¡Entonces soy una bárbara!

No pude evitar reírme también al admitir que, en efecto, era una bárbara. No se ofendió, tomándose el asunto como una broma pesada. Pero un rato después, permaneció sentada en silencio, aparentemente sumida en sus pensamientos. Finalmente, me miró, con sus fuertes dientes blancos brillando tras sus labios sonrientes.

«Si tomaras eso que llamas «navaja» —dijo—, le cortaras el pelo a Treinta y seis e intercambiaras ropa con él, serías el bárbaro y Treinta y seis el hombre civilizado. No hay otra diferencia entre ustedes, salvo sus armas. Si te vistieras con una piel de lobo, te dieras un cuchillo y una lanza, y te dejaran en los bosques de Grabritin, ¿de qué te serviría tu civilización?»

Delcarte y Taylor sonrieron ante su respuesta, pero Treinta y Seis y Snider se rieron a carcajadas. No me sorprendió Treinta y Seis, pero pensé que Snider se rió más fuerte de lo que la ocasión ameritaba. De hecho, me parecía que Snider aprovechaba cualquier oportunidad, por mínima que fuera, para mostrar su insubordinación, y decidí entonces que, a la primera falta grave de disciplina, tomaría medidas que le recordaran a Snider, para siempre, que yo seguía siendo su oficial al mando.

No pude evitar notar que tenía la mirada

fija en Victory, y no me gustó, pues sabía qué tipo de hombre era. Pero como no sería necesario dejar a la chica sola con él, no me preocupó su seguridad.

Tras el incidente de la discusión sobre los bárbaros, me pareció que la actitud de Victory hacia mí cambió perceptiblemente. Se mantenía distante, y cuando Snider tomó su turno al timón, se sentó a su lado, con el pretexto de que quería aprender a dirigir la lancha. Me pregunté si habría adivinado la antipatía del hombre hacia mí y si buscaba su compañía solo para provocarme.

Snider también aprovechaba al máximo su oportunidad. A menudo se inclinaba hacia la chica para susurrarle al oído y reía mucho, algo inusual en él.

Por supuesto, no era nada para mí; sin embargo, por alguna razón inexplicable, la visión de los dos sentados allí tan cerca uno del otro y pareciendo estar disfrutando de la compañía del otro a tal grado me irritó tremendamente y me puso de tan mal humor que no disfruté en absoluto durante las últimas horas de la travesía.

Nuestro objetivo era desembarcar cerca de

la antigua Ostende. Pero al acercarnos a la costa, no descubrimos ningún indicio de asentamientos humanos, y mucho menos de una ciudad. Tras desembarcar, nos encontramos con la misma naturaleza salvaje y aullante que habíamos descubierto en la Isla Británica. No había el menor indicio de que el hombre civilizado hubiera pisado jamás esa parte del continente europeo.

Aunque ya lo temía desde nuestra experiencia en Inglaterra, no podía dejar de reconocer un sentimiento de marcada decepción y los más graves temores por el futuro, que me indujeron una depresión mental que de ningún modo se disipó con la continua familiaridad entre Victory y Snider.

Estaba furioso conmigo mismo por haber permitido que ese asunto me afectara como lo hizo. No quería admitir que estaba enojado con esa pequeña salvaje inculta, que me importaba lo más mínimo lo que hiciera o dejara de hacer, ni que pudiera rebajarme a sentir enemistad personal hacia un simple marinero. Y, sin embargo, para ser sincero, estaba haciendo ambas cosas.

Al no encontrar nada que nos detuviera en

el lugar donde antaño se alzaba Ostende, nos dirigimos costa arriba en busca de la desembocadura del río Rin, que me proponía ascender en busca de hombres civilizados. Mi intención era explorar el Rin hasta donde la lancha nos permitiera. Si no encontrábamos civilización allí, regresaríamos al Mar del Norte, continuaríamos costa arriba hasta el Elba y seguiríamos ese río y los canales de Berlín. Allí, al menos, estaba seguro de que encontraríamos lo que buscábamos; de lo contrario, toda Europa habría retrocedido a la barbarie.

El tiempo se mantuvo bueno y hicimos excelentes progresos, pero en todas partes a lo largo del Rin nos topamos con la misma decepción: ninguna señal de hombre civilizado, de hecho, ninguna señal de hombre en absoluto.

No disfrutaba de la exploración de la Europa moderna como esperaba; me sentía infeliz. Victory también parecía haber cambiado. Al principio disfruté de su compañía, pero desde el viaje a través del Canal me había mantenido alejado de ella.

Mantenía la barbilla en alto la mayor parte

del tiempo, y aun así creo que lamentaba su amistad con Snider, pues noté que lo evitaba por completo. Él, en cambio, envalentonado por su antigua amistad, buscaba cualquier oportunidad para estar cerca de ella. Nada me habría gustado más que una excusa razonablemente buena para golpearlo en la cabeza; sin embargo, paradójicamente, me avergonzaba de mí mismo por albergarle rencor. Me di cuenta de que algo me pasaba, pero no sabía qué era.

Así siguieron las cosas durante varios días, y continuamos nuestro viaje por el Rin. En Colonia, esperaba encontrar alguna pista tranquilizadora, pero no la encontré. Y como hasta entonces no había otras ciudades a lo largo del río, la devastación fue infinitamente mayor de la que el tiempo solo podría haber causado. Cañones, bombas y minas debieron de arrasar cada edificio que el hombre había erigido, y luego la naturaleza, sin impedimentos, cubrió la espantosa evidencia de la depravación humana con su hermoso manto de verdor. Espléndidos árboles alzaban sus majestuosas copas donde alguna vez espléndidas catedrales alzaron sus cúpulas, y dulces flores silvestres florecían con sencilla serenidad en un suelo que antaño estuvo empapado de sangre humana.

La naturaleza había reclamado lo que el hombre una vez le había robado y profanado. Una manada de cebras pastaba donde antaño el káiser alemán pudo haber pasado revista a sus tropas. Un antílope descansaba apaciblemente en un lecho de margaritas donde, quizás hace doscientos años, un cañón de gran calibre eructaba sus aterradores mensajes de muerte, odio y destrucción contra las obras del hombre y de Dios por igual.

Necesitábamos carne fresca, pero dudé en romper la quietud y la serenidad del paisaje con el disparo de un rifle y la muerte de una de esas hermosas criaturas ante nosotros. Pero era necesario: teníamos que comer. Dejé el trabajo a Delcarte, y en un instante tuvimos dos antílopes y el paisaje para nosotros solos.

Después de comer, subimos a la lancha y continuamos río arriba. Durante dos días atravesamos un paraje virgen. En la tarde del segundo día desembarcamos en la orilla oeste del río y, dejando a Snider y a Treinta y Seis para proteger a Victory y la lancha, Delcarte, Taylor y yo partimos en busca de presas.

Nos alejamos del río durante más de una hora antes de descubrir nada, y luego solo un pequeño ciervo rojo, que Taylor abatió con un disparo preciso a doscientos metros. Ya era demasiado tarde para seguir adelante, así que preparamos una honda y los dos hombres llevaron el ciervo de vuelta a la lancha mientras yo caminaba cien metros más adelante, con la esperanza de cazar algo más para nuestra despensa.

Habíamos recorrido casi la mitad de la distancia hasta el río cuando, de repente, me encontré cara a cara con un hombre. Era tan primitivo y tosco como los Grabritins: un salvaje peludo y desaliñado, vestido con una camisa de piel curtida con la cabeza puesta, que se cerraba sobre su propia cabeza para formar un gorro, lo que le daba un aspecto temible y feroz.

El sujeto iba armado con una lanza larga y un garrote, este último colgando de su espalda mediante una correa de cuero alrededor de su cuello. Llevaba los pies calzados con sandalias de cuero.

Al verme, se detuvo por un instante, luego

se dio la vuelta y se adentró en el bosque y, aunque lo llamé para tranquilizarlo en inglés, no regresó ni volví a verlo.

La visión del hombre salvaje despertó en mí una vez más la esperanza de que en otros lugares pudiéramos encontrar hombres en un estado superior de civilización (era la sociedad del hombre civilizado lo que anhelaba), y así, con el corazón más ligero, continué hacia el río y la lancha.

Aún me encontraba a cierta distancia de Delcarte y Taylor cuando volví a avistar el Rin. Pero llegué a la orilla antes de darme cuenta de que algo andaba mal con el grupo que habíamos dejado allí unas horas antes.

Mi primer presentimiento de desastre fue la ausencia de la lancha de sus antiguos amarres. Y entonces, un momento después, descubrí el cuerpo de un hombre tendido en la orilla. Corriendo hacia él, vi que era el Treinta y Seis, y al detenerme y levantar la cabeza del Grabritin entre mis brazos, oí un débil gemido salir de sus labios. No estaba muerto, pero era evidente que estaba gravemente herido.

Delcarte y Taylor llegaron un momento

después, y los tres trabajamos sobre el tipo, con la esperanza de reanimarlo para que nos contara qué había sucedido y qué había sido de los demás. Mi primer pensamiento fue la visión que había tenido recientemente del salvaje nativo. El pequeño grupo había sido evidentemente sorprendido, y en el ataque, Treinta y seis habían resultado heridos y los demás hechos prisioneros. La idea fue casi como un golpe físico en la cara; me dejó atónito. ¡Victoria en manos de estas bestias abismales! Fue espantoso. Casi sacudí al pobre Treinta y seis en mis esfuerzos por reanimarlo.

Les expliqué mi teoría a los demás, y entonces Delcarte la desbarató con un solo movimiento de la mano. Apartó la piel de león que cubría la mitad del pecho del grabitano, revelando un agujero redondo y limpio en el pecho de Treinta y seis; un agujero que solo un rifle podría haber hecho.

"¡Snider!", exclamé. Delcarte asintió. Casi al mismo tiempo, los párpados del herido se movieron y se levantaron. Nos miró y, muy lentamente, la consciencia regresó a sus ojos.

"¿Qué pasó, Treinta y seis?", le pregunté.

Intentó responder, pero el esfuerzo le hizo toser, provocándole una hemorragia pulmonar y volvió a caer exhausto. Durante varios minutos permaneció tendido como muerto, hasta que, en un susurro casi inaudible, habló.

—Snider... —Hizo una pausa, intentó hablar de nuevo, levantó una mano y señaló río abajo—. Se... volvieron —y entonces se estremeció convulsivamente y murió.

Ninguno de nosotros expresó su opinión. Pero creo que todos eran iguales: Victory y Snider habían robado la lancha y nos habían abandonado.

7

Nos quedamos allí, agrupados alrededor del cuerpo del muerto Grabritin, mirando inútilmente río abajo, hacia donde hacía una curva abrupta hacia el oeste, un cuarto de milla debajo de nosotros, y se perdía de vista, como si esperáramos ver al fugitivo regresar a nosotros con nuestra preciada lancha, la cosa que significaba vida o muerte para nosotros en este mundo hostil y salvaje.

Sentí, más que vi, que Taylor giraba lentamente su mirada hacia mi perfil y, cuando la mía se giró para encontrarla, la expresión de su rostro me recordó mi deber y responsabilidad como oficial.

La absoluta desesperanza que se reflejaba en su rostro debió ser la contraparte de lo que yo mismo sentía, pero en ese breve instante decidí ocultar mis propios temores para poder reforzar el coraje de los demás.

"¡Estamos perdidos!", estaba escrito tan claramente en el rostro de Taylor como si sus rasgos fueran las palabras impresas en un libro abierto. Pensaba en la lancha, y solo en ella. ¿Lo estaba yo? Intenté creer que sí. Pero un dolor mayor que el que la pérdida de la lancha podría haberme causado, llenó mi corazón: una tristeza sombría y persistente que intenté negar, que me negué a admitir, pero que persistió en obsesionarme hasta que el corazón me atravesó la garganta y no pude hablar cuando habría querido decirles palabras de consuelo a mis compañeros.

Y entonces la rabia vino en mi ayuda: rabia contra el vil traidor que había abandonado a tres de sus compatriotas en tan terrible situación. Intenté sentir la misma rabia contra la mujer, pero no pude, y seguí buscando excusas para ella: su juventud, su inexperiencia, su ferocidad.

Mi creciente ira disipó mi momentánea impotencia. Sonreí y le dije a Taylor que no se viera tan triste.

"Los seguiremos", dije, "y lo más probable es que los alcancemos. No viajarán tan rápido como Snider probablemente espera. Se verá obligado a detenerse para cargar combustible y comida, y la lancha deberá seguir los meandros del río; podemos tomar atajos mientras cruzan el desvío. Tengo mi mapa, ¡gracias a Dios!

Siempre lo llevo conmigo, y con él y la brújula les tendremos ventaja".

Mis palabras parecieron animarlos a ambos, y estaban dispuestos a partir de inmediato en su persecución. No había motivo para demorarnos, y emprendimos la marcha río abajo. Mientras caminábamos, discutimos una cuestión que era primordial para ambos: qué haríamos con Snider una vez capturado, pues con la persecución había llegado la optimista convicción de que tendríamos éxito. De hecho, teníamos que triunfar. La sola idea de permanecer en este desierto absoluto el resto de nuestras vidas era imposible.

No llegamos a nada muy definitivo en cuanto al castigo de Snider, ya que Taylor estaba a favor de dispararle y Delcarte insistía en que debía ser ahorcado, mientras que yo, aunque plenamente consciente de la gravedad de su delito, no podía decidirme a aplicar la pena de muerte.

Me puse a pensar qué encanto habría encontrado Victory en un hombre como Snider, y por qué insistía en excusarla y en defender su acto indefendible. Ella no significaba nada para mí. Aparte de la gratitud natural que sentía por ella por haberme salvado la vida, no le debía nada. Era una pequeña salvaje semidesnuda: yo, un caballero y un oficial de la armada más poderosa del mundo. No podía haber ningún vínculo estrecho de interés entre nosotros.

Esta línea de reflexión me resultó tan angustiosa como la anterior, pero, aunque traté de distraer mi mente hacia otras cosas, persistió en regresar a la visión de un rostro ovalado, bronceado por el sol; de labios sonrientes, que revelaban dientes blancos y parejos; de ojos valientes que no albergaban sombra de malicia; y de una masa caída de cabello ondulado que coronaba la imagen más hermosa en la que mis ojos jamás habían descansado.

Cada vez que se presentaba esta visión, sentía que me enfriaba la rabia y el odio contra Snider. Podía perdonar el lanzamiento, pero si él le había hecho daño, debía morir; debía morir a mis manos; en esto estaba decidido.

Durante dos días seguimos el río hacia el norte, acortándonos el paso donde podíamos, pero limitándonos principalmente a los senderos de caza paralelos al arroyo. Una tarde, cruzamos una estrecha lengua de tierra que nos ahorró muchos kilómetros, donde el río serpenteaba hacia el oeste y de regreso.

Allí decidimos detenernos, pues habíamos tenido un día muy duro y, a decir verdad, creo que todos habíamos perdido la esperanza de alcanzar la lancha, salvo por pura casualidad.

Habíamos cazado un ciervo justo antes de nuestra parada, y mientras Taylor y Delcarte lo preparaban, bajé al agua para llenar nuestras cantimploras. Acababa de terminar y me estaba enderezando cuando algo que flotaba en un recodo sobre mí me llamó la atención. Por un momento no pude creer lo que veían mis propios sentidos. Era un bote.

Grité a Delcarte y Taylor, quienes vinieron corriendo a mi lado.

¡La lancha! —gritó Delcarte; y, efectivamente, era la lancha, que flotaba río abajo, sobre nosotros. ¿Dónde había estado? ¿Cómo la habíamos pasado? ¿Y cómo íbamos a llegar ahora, si Snider y la chica nos descubrían?

"Va a la deriva", dijo Taylor. "No veo a nadie dentro".

Me estaba quitando la ropa, y Delcarte no tardó en seguir mi ejemplo. Le dije a Taylor que se quedara en tierra con la ropa y los rifles. Además, nos sería más útil allí, ya que le daría la oportunidad de dispararle a Snider si nos descubría y se dejaba ver.

Con brazadas potentes, nadamos en la trayectoria de la lancha que se aproximaba. Siendo un nadador más fuerte que Delcarte, pronto me adelanté con creces, llegando al centro del canal justo cuando la lancha se abalanzaba sobre mí. Iba a la deriva de costado. Me agarré a la borda y me levanté rápidamente, de modo que mi barbilla tocó el costado. Esperaba un golpe en cuanto estuviera a la vista de los ocupantes, pero no lo recibí.

Snider yacía de espaldas en el fondo del bote, solo. Incluso antes de subirme y agacharme sobre él, supe que estaba muerto. Sin examinarlo más, corrí hacia el panel de control y pulsé el botón de arranque. Para mi alivio, el mecanismo respondió: la lancha estaba intacta. Al dar la vuelta, recogí a Delcarte. Quedó atónito ante lo que vio, e inmediatamente se dedicó a examinar el cuerpo de Snider en busca de señales de vida o una explicación de cómo murió.

El hombre llevaba horas muerto; estaba frío e inmóvil. Pero la búsqueda de Delcarte no fue en vano, pues sobre el corazón de Snider había una herida, un corte de unos dos centímetros y medio de largo, como el que haría un cuchillo afilado, y entre los dedos muertos de una mano se aferraba un mechón de largo cabello castaño: el cabello de Victory era castaño.

Dicen que los muertos no cuentan historias, pero Snider contó la historia de su fin con tanta claridad como si los labios del difunto se hubieran separado y hubieran revelado la verdad. La bestia había atacado a la joven, y ella había defendido su honor.

Enterramos a Snider junto al Rin, y ninguna lápida marca su último descanso. Las bestias no necesitan lápidas.

Luego partimos en la lancha, poniendo rumbo a la corriente. Cuando les dije a Delcarte y Taylor que tenía intención de buscar a la niña, ninguno de los dos rehuyó.

"Estábamos equivocados al pensar en ella", dijo Delcarte, "y lo menos que podemos hacer para expiarla es encontrarla y rescatarla".

La llamábamos en voz alta cada pocos minutos mientras navegábamos río arriba, pero, aunque regresamos a nuestro antiguo campamento, no la encontramos. Decidí entonces desandar el camino, dejando que Taylor manejara la lancha, mientras Delcarte y yo, en orillas opuestas del río, buscábamos alguna señal del lugar donde había desembarcado el Victory.

No encontramos nada hasta que llegamos a un punto a unas pocas millas por encima del lugar donde había visto por primera vez la lancha acercándose a nosotros, y allí descubrí los restos de una fogata reciente.

Sabía que Victoria llevaba pedernal y acero, y estaba seguro de que fue ella quien encendió el fuego. Pero ¿qué camino habría tomado desde que se detuvo allí?

¿Seguiría ella río abajo para así estar más cerca de su propio Grabritin, o habría intentado buscarnos río arriba, donde nos había visto por última vez?

Había llamado a Taylor y lo envié al otro lado del río para recoger a Delcarte, para que los dos pudieran reunirse conmigo y discutir mi descubrimiento y nuestros planes futuros.

Mientras los esperaba, me quedé mirando el río, de espaldas al bosque que se extendía al este, detrás de mí. Delcarte estaba a punto de subir a la lancha, al otro lado del arroyo, cuando, sin previo aviso, me agarraron violentamente por ambos brazos y la cintura; tres o cuatro hombres se me echaron encima al instante; me arrebataron el rifle de las manos y el revólver del cinturón.

Forcejeé un instante, pero al ver que mis esfuerzos eran inútiles, desistí y giré la cabeza para observar a mis asaltantes. Al mismo tiempo, varios más caminaron frente a mí y, para mi asombro, me encontré frente a soldados uniformados, armados con rifles, revólveres y sables, pero con rostros negros como el carbón.

8

Delcorte y Taylor se dirigían hacia nosotros en contracorriente, y les grité que se mantuvieran a distancia hasta saber si las intenciones de mis captores eran amistosas o no. Mis hombres querían avanzar y aniquilar a los negros. Pero había más de cien de ellos, todos bien armados, así que le ordené a Delcorte que se mantuviera alejado del peligro y se quedara donde estaba hasta que lo necesitara.

Un joven oficial los llamó y les hizo señas. Pero se negaron a venir, así que dio órdenes que resultaron en que me sujetaran las manos a la espalda, tras lo cual la compañía marchó directamente hacia el este.

Noté que los hombres llevaban espuelas, lo cual me pareció extraño. Pero cuando, al caer la tarde, llegamos a su campamento, descubrí que mis captores eran soldados de caballería.

En el centro de una llanura se alzaba un fuerte de troncos, con un fortín en cada una de sus cuatro esquinas. Al acercarnos, vi una manada de caballos de caballería pastando bajo vigilancia fuera de los muros del puesto. Eran caballos pequeños y robustos, pero las delatoras agallas de la silla de montar proclamaban su vocación. La bandera que ondeaba en un asta alta dentro de la empalizada era una que nunca antes había visto ni oído mencionar.

Entramos directamente al recinto, donde la compañía fue despedida, con la excepción de una guardia de cuatro soldados rasos, que me escoltó tras el joven oficial. Este nos condujo a través de una pequeña plaza de armas, donde estaba estacionada una batería de cañones ligeros de campaña, hacia un edificio de troncos, frente al cual se alzaba el asta de la bandera.

Me escoltaron dentro del edificio ante un anciano negro, un hombre de aspecto apuesto, con porte digno y militar. Era coronel, como supe más tarde, y a él le debo el trato tan humano que me dispensaron mientras permanecí prisionero suyo.

Escuchó el informe de su subalterno y luego se volvió para interrogarme, pero sin mejores resultados que los del primero. Luego llamó a un ordenanza y le dio algunas instrucciones. El soldado saludó y salió de la habitación, regresando unos cinco minutos después con un viejo blanco y peludo, un tipo tan salvaje y de aspecto primitivo como el que había descubierto en el bosque el día que Snider desapareció con la lancha.

El coronel evidentemente esperaba usar al tipo como intérprete, pero cuando el salvaje se dirigió a mí, lo hizo en un idioma tan desconocido para mí como el de los negros. Finalmente, el viejo oficial desistió y, meneando la cabeza, dio instrucciones para mi retirada.

Desde su oficina me llevaron a un puesto de guardia, donde encontré a unos cincuenta blancos semidesnudos, vestidos con pieles de animales salvajes. Intenté conversar con ellos, pero ninguno entendía el panamericano, ni entendía su jerga.

Durante más de un mes permanecí prisionero allí, trabajando de la mañana a la noche en pequeños trabajos en el edificio del cuartel general del oficial al mando. Los demás prisioneros trabajaban más duro que yo, y debo mi mejor trato únicamente a la amabilidad y discernimiento del viejo coronel.

No podía saber qué había sido de Victory, de Delcarte, de Taylor; ni parecía probable que lo supiera jamás. Estaba deprimido. Pero dediqué mi tiempo a cumplir con las tareas que me habían encomendado lo mejor que pude e intenté aprender el idioma de mis captores.

Quiénes eran o de dónde venían era un misterio para mí. Parecía probable que fueran la avanzada de alguna poderosa nación negra, pero no podía adivinar dónde estaba la sede de esa nación.

Consideraban a los blancos como sus inferiores y nos trataban como tales. Tenían su propia literatura, y muchos de los hombres, incluso los soldados rasos, eran lectores omnívoros. Cada dos semanas, un soldado cubierto de polvo conducía su cansado caballo al puesto de correos y entregaba un saco abultado de correo en el cuartel general. Al día siguiente, volvía a partir, montado en un caballo fresco, rumbo al sur, llevando las cartas de los soldados a sus amigos en la lejana y misteriosa tierra de donde todos habían venido.

Tropas, a veces montadas y a veces a pie, salían del puesto a diario para lo que supuse eran tareas de patrulla. Calculé que la pequeña fuerza de mil hombres estaba destacada allí para mantener la autoridad de un gobierno distante en un país conquistado. Más tarde, supe que mi suposición era correcta, y que este era solo uno de una gran cadena de puestos similares que jalonaban la nueva frontera de la nación negra en cuyas manos había caído.

Poco a poco aprendí su idioma, para poder entender lo que decían ante mí y hacerme entender. Desde el principio vi que me trataban como a un esclavo; así era como se trataba a todos los blancos que caían en manos de los negros.

Casi a diario llegaban nuevos prisioneros, y unas tres semanas después de mi incorporación al puesto, una tropa de caballería llegó del sur para relevar a una de las tropas estacionadas allí. Hubo gran júbilo en el campamento tras la llegada de los recién llegados; se renovaron viejas amistades y se forjaron otras nuevas. Pero los hombres más felices eran los de la tropa que iba a ser relevada.

A la mañana siguiente se marcharon, y mientras los obligaban a entrar en la plaza de armas, a los prisioneros nos sacaron de nuestros barracones y nos alinearon frente a ellos. Trajeron un par de cadenas largas, con anillas en los eslabones cada pocos metros. Al principio no pude adivinar el propósito de estas cadenas. Pero pronto lo supe.

Un par de soldados colocaron el primer anillo alrededor del cuello de un poderoso esclavo blanco, y uno por uno el resto de nosotros fuimos conducidos a nuestros lugares, y comenzó el trabajo de encadenarnos cuello con cuello.

El coronel observaba el procedimiento. De pronto, su mirada se posó en mí y habló con un joven oficial que estaba a su lado. Este se acercó a mí y me indicó que lo siguiera. Lo hice y me condujeron de vuelta con el coronel.

Para entonces ya podía entender algunas palabras de su extraño idioma, y cuando el coronel me preguntó si prefería permanecer en el puesto como su sirviente personal, expresé mi voluntad tan enfáticamente como me fue posible, pues había visto suficiente de la brutalidad de los soldados comunes hacia sus esclavos blancos como para no tener deseos de emprender una marcha de longitud desconocida, encadenado por el cuello y empujado por los grandes látigos que una veintena de soldados llevaban para acelerar la velocidad de sus cargas.

Unos trescientos prisioneros, alojados en seis prisiones del puesto, salieron de las puertas esa mañana, hacia un destino y un futuro que desconocía. Los pobres diablos tampoco tenían más que una vaga idea de lo que les aguardaba, salvo que iban a otro lugar para continuar en la esclavitud que habían conocido desde su captura por sus conquistadores negros, una esclavitud que continuaría hasta que la muerte los liberara.

Mi puesto en el puesto cambió. De trabajar en la oficina del cuartel general, me transfirieron a las habitaciones del coronel. Tenía mayor libertad y ya no dormía en una de las prisiones, sino que tenía un pequeño cuarto para mí solo junto a la cocina de la cabaña de troncos del coronel.

Mi amo siempre fue amable conmigo, y bajo su tutela aprendí rápidamente el idioma de mis captores y mucho de ellos que antes me resultaba un misterio. Su nombre era Abu Belik. Era coronel de la caballería de Abisinia, un país del que no recuerdo haber oído hablar nunca, pero que el coronel Belik me aseguró que es el país civilizado más antiguo del mundo.

El coronel Belik nació en Adís Abeba, la capital del imperio, y hasta hacía poco había estado al mando de la guardia del palacio del emperador. Los celos, la ambición y las intrigas de otro oficial le habían hecho perder el favor del emperador, y fue destinado a este puesto fronterizo como muestra del desagrado de su soberano.

Unos cincuenta años antes, el joven emperador Menelek XIV era ambicioso. Sabía que un gran mundo se extendía al otro lado de las aguas, muy al norte de su capital. Una vez cruzó el desierto y contempló el mar azul que constituía el límite norte de sus dominios.

Allí yacía otro mundo por conquistar. Menelek se dedicó a construir una gran flota, aunque su pueblo no era una raza marítima. Su ejército cruzó hacia Europa. Encontró poca resistencia, y durante cincuenta años sus soldados habían estado expandiendo sus fronteras cada vez más hacia el norte.

"Los hombres amarillos del este y del norte están disputando nuestros derechos aquí ahora", dijo el coronel, "pero ganaremos; conquistaremos el mundo, llevando el cristianismo a todos los paganos ignorantes de Europa y Asia también".

"¿Sois un pueblo cristiano?", pregunté.

Él me miró sorprendido y asintió con la cabeza afirmativamente.

"Soy cristiano", dije. "Mi pueblo es el más poderoso de la Tierra".

Sonrió y meneó la cabeza con indulgencia, como un padre ante un niño que opone su juicio infantil al de sus mayores.

Entonces me propuse demostrar mi punto. Le hablé de nuestras ciudades, de nuestro ejército, de nuestra gran armada. Me respondió enseguida pidiéndome cifras, y cuando terminó, tuve que admitir que solo en nuestra armada éramos numéricamente superiores.

Menelek XIV es el gobernante indiscutible de todo el continente africano, de toda la antigua Europa excepto las Islas Británicas, Escandinavia y el este de Rusia, y tiene grandes posesiones y prósperas colonias en lo que una vez fueron Arabia y Turquía en Asia.

Tiene un ejército permanente de diez millones de hombres, y su pueblo posee esclavos —esclavos blancos— en número de diez o quince millones.

Sin embargo, el coronel Belik se sorprendió mucho al enterarse de la gran nación que se extendía al otro lado del océano, y al saber que yo era oficial de la marina, se inclinó a brindarme aún más consideración que antes. Le costaba creer mi afirmación de que había pocos negros en mi país y que estos ocupaban un nivel social inferior al de los blancos.

En la tierra del coronel Belik ocurre justo lo contrario. Él consideraba a los blancos seres inferiores, criaturas de un orden inferior, y me aseguró que ni siquiera los pocos hombres blancos libres de Abisinia recibieron una posición que se acercara a la igualdad social con los negros. Viven en los barrios más pobres de las ciudades, en pequeñas colonias blancas, y un negro que se casa con una blanca es marginado socialmente.

Las armas y municiones de los abisinios son muy inferiores a las nuestras, pero son tremendamente eficaces contra los bárbaros mal armados de Europa. Sus fusiles son de un tipo similar a los fusiles de cargador de la Panamérica del siglo XX, pero con solo cinco cartuchos en el cargador, además del que hay en la recámara. Son de una longitud extraordinaria, incluso los de la caballería, y de una precisión extrema.

Los abisinios son una raza de hombres negros de aspecto atractivo: altos, musculosos, con dientes finos y rasgos regulares, con una marcada inclinación hacia el molde semítico. Me refiero a los nativos de pura sangre de Abisinia. Son los patricios, la aristocracia. El ejército está comandado casi exclusivamente por ellos. Entre los soldados predomina un tipo inferior de negro, con labios más gruesos y narices más anchas y planas. Estos hombres son reclutados, según me dijo el coronel, entre las tribus conquistadas de África. Son buenos soldados, valientes y leales. Saben leer y escribir, y están dotados de una confianza en sí mismos y un orgullo que, según mi lectura de las palabras de antiguos exploradores africanos, debieron faltar en sus primeros progenitores. En general, es evidente que la raza negra ha prosperado mucho mejor en los últimos dos siglos bajo hombres de su misma raza que bajo el dominio de los blancos a lo largo de toda la historia anterior.

Llevaba más de un mes prisionero en el pequeño puesto fronterizo cuando el coronel Belik recibió órdenes de dirigirse rápidamente a la frontera oriental con la mayor parte de su mando, dejando solo una tropa para guarnecer el fuerte. Como su ayudante personal, lo acompañé montado en un pequeño y fogoso poni abisinio.

Marchamos rápidamente durante diez días a través del corazón del antiguo imperio alemán, deteniéndonos cuando la noche nos encontraba cerca del agua. A menudo pasábamos por pequeños puestos similares al que había albergado al regimiento del coronel, descubriendo en cada caso que solo quedaba una compañía o tropa para la defensa, pues el resto se había retirado hacia el noreste, en la misma dirección en la que avanzábamos.

Naturalmente, el coronel no me había revelado la naturaleza de sus órdenes. Pero la rapidez de nuestra marcha y el hecho de que todas las tropas disponibles se dirigían apresuradamente hacia el noreste me confirmaron que un asunto de vital importancia para el dominio de

Menelek XIV en esa parte de Europa amenazaba o ya se había desmoronado.

No podía creer que un simple levantamiento de las tribus salvajes de blancos requiriera la movilización de una fuerza como la que pronto encontramos, convergiendo desde el sur hacia nuestro camino. Había grandes cuerpos de caballería e infantería, un sinfín de carros de artillería y cañones, e innumerables vehículos cubiertos tirados por caballos, cargados con equipo de campamento, municiones y provisiones.

Aquí, por primera vez, vi camellos, grandes caravanas de ellos, transportando todo tipo de cargas pesadas, y kilómetros y kilómetros de elefantes prestando servicios similares. Era una escena de un esplendor maravilloso y bárbaro, pues los hombres y las bestias del sur lucían alegremente enjaezados con ricos colores, en marcado contraste con las fuerzas uniformadas grises de la frontera, con las que estaba familiarizado.

Nos llegó el rumor de que Menelek en persona venía, y el grado de excitación que este anuncio produjo en las tropas fue poco menos que milagroso, al menos para alguien de mi raza y nacionalidad, cuyos gobernantes durante siglos habían sido sólo hombres comunes, que ocupaban el cargo por voluntad del pueblo durante unos pocos años.

Al presenciarlo, no pude evitar especular sobre el efecto moral que la presencia de un soberano tendría en sus tropas en medio de la batalla. En igualdad de condiciones en una guerra entre las tropas de una república y un imperio, ¿no podría este estado de euforia, casi histérico por parte de las tropas imperiales, perjudicar gravemente a los soldados de un presidente? Me pregunto.

Pero ¿y si el emperador estuviera ausente? ¿Qué pasaría entonces? Me pregunto de nuevo.

El undécimo día llegamos a nuestro destino: una ciudad fronteriza amurallada de unos veinte mil habitantes. Pasamos por algunos lagos y cruzamos antiguos canales antes de cruzar las puertas. Dentro, junto a los edificios de madera, había muchos construidos con ladrillo antiguo y piedra bien labrada. Me dijeron que estos eran materiales extraídos de las ruinas de la antigua ciudad que, en su día, se alzaba sobre el emplazamiento de la ciudad actual.

El nombre de la ciudad, traducido del abisinio, es Nueva Gondar. Estoy convencido de que se alza sobre las ruinas de la antigua Berlín, la antigua capital del antiguo imperio alemán, pero, salvo los antiguos materiales de construcción utilizados en la nueva ciudad, no queda rastro de la antigua.

Al día siguiente de nuestra llegada, la ciudad estaba alegremente decorada con banderas, banderines, alfombras preciosas y estandartes, porque el rumor había resultado cierto: el emperador venía.

El coronel Belik me había concedido la mayor libertad, permitiéndome ir adonde quisiera, una vez cumplidas mis escasas obligaciones. Gracias a su amabilidad, pasé mucho tiempo vagando por Nueva Gondar, conversando con los habitantes y explorando la ciudad de los hombres negros.

Como me habían dado un uniforme semimilitar con insignias que indicaban que era sirviente personal de un oficial, incluso los negros me trataban con cierto respeto, aunque por su actitud podía ver que en realidad era como el polvo bajo sus pies. Respondieron a mis preguntas con bastante cortesía, pero no entablaron conversación conmigo. Fue por otros esclavos que supe los chismes de la ciudad.

Las tropas llegaban en masa desde el oeste y el sur, y salían en masa hacia el este. Le pregunté a un viejo esclavo que barría la tierra en pequeños montones en las cunetas de la calle adónde iban los soldados. Me miró sorprendido.

"Pues para luchar contra los hombres amarillos, claro", dijo. "Han cruzado la frontera y marchan hacia Nueva Gondar".

"¿Quién ganará?", pregunté.

Se encogió de hombros. "¿Quién sabe?", dijo. "Espero que sean los hombres amarillos, pero Menelek es poderoso; se necesitarán muchos hombres amarillos para derrotarlo".

La multitud se congregaba en las aceras para presenciar la entrada del emperador a la ciudad. Me senté entre ellos, aunque detesto las multitudes, y me alegro de haberlo hecho, pues presencié un espectáculo de bárbaro esplendor como ningún otro panamericano ha presenciado jamás.

Por la amplia vía principal, que en su día pudo haber sido la histórica Unter den Linden, avanzaba un brillante cortejo fúnebre. A la cabeza cabalgaba un regimiento de húsares con casacas rojas: hombres enormes, negros como la noche. Había tropas de fusileros montados en camellos. El emperador cabalgaba en un *howdah* dorado a lomos de un enorme elefante, tan cubierto de ricos tapices y adornado con brillantes gemas que apenas se veían los ojos y las patas del animal.

Menelek era un hombre de aspecto más bien tosco, ya bastante mayor de la mediana edad, pero se comportaba con un aire de dignidad propio de alguien que descendía en línea ininterrumpida del Profeta, como era su afirmación.

Sus ojos eran brillantes pero astutos, y sus rasgos denotaban sensualidad y crueldad. En su juventud pudo haber sido un negro de aspecto atractivo, pero cuando lo vi, su aspecto me resultó repugnante, al menos a mí.

Tras el emperador llegaron regimientos tras regimiento de las diversas ramas del servicio, entre ellas baterías de cañones de campaña montados sobre elefantes.

En el centro de las tropas que seguían al elefante imperial marchaba una gran caravana de esclavos. El viejo barrendero a mi lado me contó que estos eran los regalos traídos de los distritos más alejados por los comandantes de los puestos fronterizos. La mayoría eran mujeres, destinadas, según me dijeron, a los harenes del emperador y sus favoritos. Mi viejo compañero apretó los puños al ver a aquellas pobres mujeres blancas marchar hacia su horrible destino, y, aunque compartía sus sentimientos, era tan incapaz como él de cambiar su destino.

Durante una semana, las tropas no pararon de entrar y salir de Nuevo Gondar; siempre desde el sur y el oeste, pero siempre hacia el este. Cada nuevo contingente traía sus regalos al emperador. Del sur traían alfombras, adornos y joyas; del oeste, esclavos; pues los comandantes de los puestos fronterizos occidentales no tenían nada más que traer.

Por el número de mujeres que trajeron, deduje que conocían la debilidad de su amo imperial.

Y entonces empezaron a llegar soldados del este, pero no con la alegre seguridad de los que venían del sur y del oeste; no, estos otros llegaron en carros cubiertos, empapados de sangre y sufriendo. Al principio llegaron en pequeños grupos de ocho o diez, y luego en grupos de cincuenta, de cientos, y un día, mil hombres mutilados y moribundos fueron llevados a Nueva Gondar.

Fue entonces cuando Menelek XIV se sintió inquieto. Durante cincuenta años, sus ejércitos habían conquistado dondequiera que habían marchado. Al principio, los había liderado en persona; últimamente, su presencia a menos de cien millas de la línea de batalla había sido suficiente para los grandes combates; para los menores, solo era necesario saber que luchaban por la gloria de su soberano para obtener victorias.

Una mañana, Nueva Gondar se despertó con el estruendo de los cañones. Era el primer aviso que recibían los habitantes de que el enemigo estaba obligando a las tropas imperiales a retroceder sobre la ciudad. Correos cubiertos de polvo llegaron al galope desde el frente. Tropas de refuerzo se apresuraron a salir de la ciudad, y hacia el mediodía, Menelek salió a caballo rodeado de su estado mayor.

Durante los tres días siguientes, pudimos oír el cañonazo y el escupitajo de las armas ligeras, pues la línea de batalla estaba a apenas dos leguas de Nueva Gondar. La ciudad estaba llena de heridos. Justo afuera, los soldados se dedicaban a levantar fortificaciones. Era evidente para los menos entendidos que Menelek esperaba más reveses.

Y entonces las tropas imperiales se replegaron sobre estas nuevas defensas, o, mejor dicho, fueron obligadas a retroceder por el enemigo. Los proyectiles comenzaron a caer dentro de la ciudad. Menelek regresó y estableció su cuartel general en el edificio de piedra llamado palacio. Esa noche llegó una tregua en las hostilidades: se había acordado una tregua.

El coronel Belik me citó alrededor de las siete para que lo vistiera para una función en palacio. En medio de la muerte y la derrota, el emperador estaba a punto de ofrecer un gran banquete a sus oficiales. Yo debía acompañar a mi señor y atenderlo: ¡yo, Jefferson Turck, teniente de la Armada Panamericana!

En la intimidad del cuartel del coronel me había acostumbrado a mis deberes domésticos,

aliviados como estaban por la natural amabilidad de mi amo, pero la idea de aparecer en público como un simple esclavo revolvía todos mis
instintos. Aun así, no me quedaba más remedio
que obedecer.

Ni siquiera ahora puedo narrar la humilla-
ción que experimenté aquella noche mientras
permanecía de pie detrás de mi amo negro en
silencioso servilismo, ahora sirviéndole vino,
ahora cortándole la carne, ahora abanicándolo
con un gran abanico de plumas.

A pesar del cariño que le había adquirido,
sentí con tanta intensidad la afrenta que me in-
fligieron, que casi lo apuñalo. Pero finalmente el
largo banquete concluyó. Se retiraron las mesas.
El emperador subió a una tarima en un extremo
de la sala, se sentó en un trono y comenzó el
espectáculo. Era justo lo que la historia antigua
me habría hecho esperar: músicos, bailarinas,
malabaristas y demás.

Cerca de la medianoche, el maestro de ceremonias anunció que las esclavas que habían
sido presentadas al emperador desde su llegada
a Nueva Gondar serían exhibidas, que el anfi-
trión real seleccionaría a las que deseara, tras lo

cual presentaría el resto a sus invitados. ¡Ah, qué generosidad real!

Una pequeña puerta a un lado de la habitación se abrió, y las pobres criaturas entraron en fila y se formaron en una larga fila ante el trono. Me daban la espalda. Solo vi algún perfil ocasional, pues de vez en cuando un espíritu más audaz se giraba para observar el apartamento y la espléndida reunión de oficiales con sus brillantes uniformes de gala. Eran perfiles de muchachas jóvenes, y bonitas, pero el horror estaba indeleblemente grabado en todas ellas. Me estremecí al contemplar su triste destino y aparté la mirada.

Oí al maestro de ceremonias ordenarles que se postraran ante el emperador, y los sonidos que emitían al arrodillarse ante él, tocando el suelo con la frente. Entonces volvió a oírse la voz del oficial, con una orden tajante y perentoria.

"¡Abajo, esclavo!", gritó. "¡Rinde homenaje a tu soberano!"

Levanté la vista, atraído por el tono de voz del hombre, y vi una figura solitaria, erguida y esbelta, en el centro de la fila de muchachas postradas, con los brazos cruzados sobre el pecho y la barbilla alzada. Me daba la espalda; no podía verle la cara, aunque me gustaría ver el semblante de esta joven leona salvaje, de pie, desafiante, entre aquel rebaño de ovejas aterrorizadas.

—¡Abajo! ¡Abajo! —gritó el maestro de ceremonias, dando un paso hacia ella y medio desenvainando su espada.

Me hirvió la sangre. ¡Estar allí, inactivo, mientras un negro abatió a esa valiente muchacha de mi propia raza! Instintivamente, di un paso adelante para interponerme en su camino. Pero en ese mismo instante, Menelek levantó la mano en un gesto que detuvo al oficial. El emperador parecía interesado, pero en absoluto enojado por la actitud de la muchacha.

"Preguntemos", dijo con voz suave y agradable, "por qué esta joven se niega a rendir homenaje a su soberano", y él mismo le planteó la pregunta directamente.

Ella le respondió en abisinio, pero con voz entrecortada y un acento que delataba lo reciente que había sido su conocimiento superficial de esa lengua.

"No me arrodillo ante nadie", dijo. "No tengo soberano. Soy soberana en mi propio país".

Menelek, al oír sus palabras, se recostó en su trono y rió a carcajadas. Siguiendo su ejemplo, que siempre parecía el procedimiento correcto, los invitados reunidos compitieron entre sí por reír más ruidosamente que el emperador.

La muchacha alzó un poco la barbilla; incluso su espalda proclamaba su absoluto desprecio por sus captores. Finalmente, Menelek restableció la calma con el simple gesto de fruncir el ceño, tras lo cual cada invitado leal cambió su semblante alegre por una mueca emulativa.

—¿Y quién eres tú —preguntó Menelek— y cómo se llama tu país?

—Soy Victoria, reina de Grabritin —respondió la muchacha tan rápida e inesperadamente que me quedé sin aliento por el asombro.

9

¡Victoria! Estaba allí, esclava de estos conquistadores negros. Una vez más me dirigí hacia ella, pero mi buen juicio me detuvo; no podía hacer nada para ayudarla salvo con sigilo. ¿Podría siquiera lograr algo por este medio? No lo sabía. Parecía imposible, y aun así debía intentarlo.

"¿Y no te arrodillarás ante mí?", continuó Menelek después de que ella hablara. Victoria negó rotundamente con la cabeza.

"Serás mi primera opción, entonces", dijo el emperador. "Me gusta tu espíritu, pues quebrantarlo aumentará mi placer por ti, y no temas que no sea quebrantado, esta misma noche. Llévala a mis aposentos", e hizo un gesto a un oficial a su lado.

Me sorprendió ver a Victory seguir al hombre con aparente sumisión silenciosa. Intenté seguirla para estar cerca de ella y tener la oportunidad de hablar con ella o ayudarla a escapar. Pero, después de seguirlos desde la sala del trono, a través de otras habitaciones y por un largo pasillo, un soldado que montaba guardia ante una puerta por la que el oficial conducía a Victory me impidió seguir avanzando.

Casi de inmediato, el oficial reapareció y emprendió el regreso hacia la sala del trono. Yo me había escondido en una puerta después de que el guardia me obligara a regresar, refugiándome allí mientras él me daba la espalda. Al acercarse el oficial, me retiré a la habitación contigua, que estaba a oscuras. Allí permanecí un buen rato, observando al centinela ante la puerta de la habitación donde Victory estaba prisionera, esperando alguna circunstancia favorable que me permitiera entrar.

No he intentado describir con detalle mis sensaciones en el momento en que reconocí a Victory, porque les aseguro que fueron completamente indescriptibles. Nunca imaginé que la visión de un ser humano pudiera afectarme tanto como este inesperado descubrimiento de Victory en la misma habitación donde me encontraba, mientras la creía muerta durante semanas, o en el mejor de los casos a cientos de millas al oeste, y tan irremediablemente perdida para mí como si, en realidad, estuviera muerta.

Sentía un extraño y desquiciado impulso de estar cerca de ella. No bastaba con ayudarla o protegerla; deseaba tocarla, estrecharla entre mis brazos. Me asombraba de mí mismo. Otra cosa me desconcertaba: mi incomprensible euforia desde que la había vuelto a ver. Con un destino peor que la muerte a la vista, y sabiendo que probablemente moriría defendiéndola en menos de una hora, seguía siendo más feliz que en semanas, y todo porque había vuelto a ver, durante unos breves minutos, la figura de una pequeña doncella pagana. No podía explicarlo, y me enfurecía; nunca antes había sentido semejantes sensaciones en presencia de una mujer, y había hecho el amor con algunas muy hermosas en mi vida.

Me pareció una eternidad estar a la sombra de aquella puerta, en el pasillo mal iluminado del palacio de Menelek XIV. Un gas enfermizo proyectaba una triste palidez sobre el rostro negro del centinela. El tipo parecía clavado en el sitio. Evidentemente, no se iría jamás ni volvería a dar la espalda.

Había estado escondido poco tiempo cuando oí el sonido de un cañón lejano. La tregua había terminado y la batalla se había reanudado. Poco después, la tierra tembló con la explosión de un proyectil dentro de la ciudad, y de vez en cuando, otros proyectiles estallaban a poca distancia del palacio. Los hombres amarillos bombardeaban de nuevo Nueva Gondar.

Enseguida, oficiales y esclavos comenzaron a recorrer el pasillo para atender asuntos relacionados con sus deberes, y entonces llegó el emperador, ceñudo e iracundo. Le seguían algunos asistentes personales, a quienes despidió en la puerta de sus aposentos, la misma puerta por donde habían llevado a Victory. Me irritaba seguirlo, pero el pasillo estaba lleno de gente. Finalmente, se dirigieron a sus aposentos, que se encontraban a ambos lados del pasillo.

Un oficial y un esclavo entraron en la misma habitación donde me escondí, obligándome a tumbarme de lado en la oscuridad hasta que pasaron. Entonces el esclavo encendió una luz, y supe que debía buscar otro escondite.

Al entrar con valentía en el pasillo, vi que estaba vacío, salvo por el único centinela ante la puerta del emperador. Levantó la vista al salir de la habitación, cuyos ocupantes no me habían visto. Caminé directo hacia el soldado, decidido al instante. Intenté simular una expresión de servilismo servil, y debí de conseguirlo, pues lo desconcerté por completo, de modo que me permitió acercarme hasta su rifle antes de detenerme. Entonces fue demasiado tarde... para él.

Sin decir palabra ni avisar, le arrebaté la pieza de las manos y, al mismo tiempo, le asesté un tremendo golpe entre los ojos con el puño cerrado. Se tambaleó hacia atrás, sorprendido, demasiado atónito para gritar, y entonces le di un golpe con el rifle y lo derribé de un solo golpe.

Un momento después, irrumpí en la habitación. ¡Estaba vacía!

Miré a mi alrededor, decepcionado. Dos puertas se abrían desde allí a otras habitaciones. Corrí a la más cercana y escuché. Sí, venían voces del otro lado, y una era de mujer, tranquila, fría y llena de desprecio. No había terror en ella. Era la de Victory.

Giré el pomo y empujé la puerta hacia adentro justo a tiempo para ver a Menelek agarrar a la chica y arrastrarla hacia el otro extremo del apartamento. En ese mismo instante, se oyó un rugido ensordecedor justo afuera del palacio: un proyectil había impactado mucho más cerca que cualquiera de los anteriores. El ruido ahogó mi rápida carrera por la habitación.

Pero en su forcejeo, Victoria giró a Menelek para que me viera. Ella lo golpeaba en la cara con el puño cerrado, y ahora él la estrangulaba.

Al verme lanzó un rugido de ira.

"¿Qué significa esto, esclavo?", gritó. "¡Fuera de aquí! ¡Fuera de aquí! ¡Rápido, antes de que te mate!"

Pero, en respuesta, me abalancé sobre él y lo golpeé con la culata del rifle. Se tambaleó hacia atrás, dejando caer a Victory al suelo, y entonces gritó llamando al guardia y se abalanzó sobre mí. Lo golpeé una y otra vez; pero su grueso cráneo bien podría haber sido una armadura, por todo el daño que le infligí.

Intentó acercarse a mí, apoderándose del rifle, pero yo era más fuerte que él y, arrancándole el arma de las manos, la arrojé a un lado y me dirigí hacia su garganta con las manos desnudas. No me había atrevido a disparar por miedo a que la detonación atrajera al guardia más corpulento apostado al fondo del pasillo.

Forcejeamos por la habitación, golpeándonos, tirando muebles y rodando por el suelo. Menelek era un hombre fuerte y luchaba por su vida. Llamaba constantemente a la guardia, hasta que logré sujetarlo por la garganta; pero era demasiado tarde. Se habían oído sus gritos, y de repente la puerta se abrió de golpe y una veintena de guardias armados irrumpieron en la habitación.

Victoria agarró el rifle del suelo y saltó entre ellos y yo. Tenía al emperador negro sobre su espalda, y mis dos manos lo sujetaban por la garganta, asfixiándolo.

El resto ocurrió en una fracción de segundo. Se oyó un estruendo desgarrador sobre nosotros, seguido de una explosión ensordecedora dentro de la cámara. Humo y vapores de pólvora llenaron la habitación. Medio aturdido, me levanté del cuerpo sin vida de mi antagonista justo a tiempo para ver a Victoria ponerse de pie tambaleándose y volverse hacia mí. Lentamente, el humo se disipó, revelando los restos destrozados de la guardia. Un proyectil había atravesado el techo del palacio y explotado justo en la retaguardia del destacamento de guardias que acudía al rescate de su emperador. Es un milagro que ni Victoria ni yo fuéramos alcanzados. La habitación estaba hecha un desastre. Un gran agujero irregular se había abierto en el techo, y la pared que daba al pasillo había volado por completo.

Mientras me levantaba, Victory también se había levantado y se dirigía hacia mí. Pero al ver que estaba ileso, se detuvo y se quedó allí, en el centro del apartamento demolido, mirándome. Su expresión era inescrutable; no pude adivinar si se alegraba de verme o no.

¡Victoria! —grité—. ¡Gracias a Dios que estás a salvo! Y me acerqué a ella, con una alegría mayor en el corazón que la que había sentido desde el momento en que supe que el Coldwater debía ser barrido más allá de los treinta.

No hubo alegría en sus ojos. En cambio, pateó el suelo con rabia.

"¿Por qué tuviste que ser tú quien me salvó?", exclamó. "¡Te odio!".

"¿Odiarme?", pregunté. "¿Por qué deberías odiarme, Victory? Yo no te odio. Yo... yo...". ¿Qué iba a decir? Estaba muy cerca de ella cuando una gran luz me inundó. ¿Por qué no me había dado cuenta antes? La verdad explicaba muchos estados de ánimo, hasta entonces inexplicables, que me habían dominado de vez en cuando desde que vi a Victory por primera vez.

"¿Por qué debería odiarte?", repitió. "Porque Snider me dijo... me dijo que me habías prometido a él, pero no me consiguió. ¡Lo maté, como me gustaría matarte a ti!"

—¡Snider mintió! —grité. Y entonces la abracé y la obligué a escucharme, aunque forcejeaba como una leona joven—. Te amo, Victory. Debes saber que te amo, que siempre te he amado, y que jamás habría hecho una promesa tan vil.

Dejó de forcejear, solo un poquito, pero aun así intentó apartarme. "¡Me llamaste bárbara!", dijo.

¡Ah, con eso fue! Eso todavía me dolía. La apreté contra mí.

"No podrías amar a un bárbaro", continuó, pero había dejado de luchar.

—¡Pero amo a un bárbaro, Victoria! —exclamé—. ¡El bárbaro más querido del mundo!

Ella levantó la mirada hacia la mía, y luego sus brazos suaves y morenos rodearon mi cuello y atrajeron mis labios hacia los suyos.

"¡Te amo, siempre te he amado!", dijo, y luego hundió la cara en mi hombro y sollozó. "He sido tan infeliz", dijo, "pero no podía morir mientras pensara que podrías vivir".

Mientras estábamos allí, olvidándonos por un momento de todo excepto de nuestra recién encontrada felicidad, la ferocidad del bombardeo aumentó hasta que apenas transcurrieron treinta segundos entre los proyectiles que llovieron sobre el palacio.

Quedarnos mucho tiempo sería una invitación a una muerte segura. No podíamos escapar por donde habíamos entrado al apartamento, pues no solo el pasillo estaba ahora obstruido por escombros, sino que más allá sin duda había muchos miembros de la casa del emperador que nos detendrían.

Al otro lado de la habitación había otra puerta, y hacia ella me dirigí. Daba a un tercer apartamento con ventanas que daban a un patio interior. Desde una de estas ventanas observé el patio. Al parecer, estaba vacío, y las habitaciones del otro lado estaban oscuras.

Acompañando a Victory a la salida, la seguí, y juntos cruzamos el patio, descubriendo al otro lado varias puertas anchas de madera en la muralla del palacio, con pequeñas ventanas entre ellas. Mientras escuchábamos de cerca tras una de las puertas, un caballo relinchó.

"¡Los establos!", susurré, y un momento después, abrí una puerta y entré. Desde la ciudad que nos rodeaba, podíamos oír el estruendo de una gran conmoción, y muy cerca, los sonidos de la batalla: el estallido de miles de fusiles, los gritos de los soldados, las roncas órdenes de los oficiales y el redoble de las cornetas.

El bombardeo cesó tan repentinamente como había comenzado. Supuse que el enemigo estaba asaltando la ciudad, pues los sonidos que oíamos eran los de un combate cuerpo a cuerpo.

Dentro de los establos, busqué a tientas hasta encontrar sillas de montar y bridas para dos caballos. Pero después, en la oscuridad, solo pude encontrar una sola montura. Las puertas del lado opuesto, que daban a la calle, estaban abiertas, y pudimos ver grandes multitudes de hombres, mujeres y niños huyendo hacia el oeste. Soldados, a pie y a caballo, se unían al éxodo desenfrenado. De vez en cuando pasaba un camello o un elefante llevando a algún oficial o dignatario a un lugar seguro. Era evidente que la ciudad caería en cualquier momento, un hecho ampliamente proclamado por la prisa aterrorizada de la multitud enloquecida.

Caballos, camellos y elefantes pisoteaban a mujeres y niños indefensos. Un soldado rasgó a un general de su montura y, subiéndose al lomo del animal, huyó por la abarrotada calle hacia el oeste. Una mujer agarró un arma y le partió la cabeza a un dignatario de la corte, cuyo caballo había pisoteado a su hijo hasta la muerte. Gritos, maldiciones, órdenes y súplicas llenaron el aire. Fue una escena espantosa, una que quedará grabada en mi memoria para siempre.

Yo había ensillado y embridado el único caballo que evidentemente había sido pasado por alto por la casa real en su huida, y, de pie un poco atrás, en la sombra del interior del establo, Victory y yo observamos la multitud que se agitaba afuera.

Haber entrado habría sido arriesgarse a un peligro mayor del que ya corríamos. Decidimos esperar a que la presión de los negros disminuyera, y durante más de una hora permanecimos allí mientras los sonidos de la batalla rugían en el este de la ciudad y la población huía hacia el oeste. Los soldados uniformados se hicieron cada vez más numerosos entre la multitud que huía, hasta que, hacia el final, la calle se llenó de ellos. No fue una retirada ordenada, sino una derrota total y terrible.

La lucha se acercaba cada vez más, hasta que se oyó el estampido de los fusiles en la misma calle que mirábamos. Y entonces llegó un puñado de hombres valientes, una pequeña retaguardia que retrocedía lentamente hacia el oeste, disparando sus fusiles humeantes con frenesí mientras disparaban una descarga tras otra contra el enemigo que no podíamos ver.

Pero estos fueron reprimidos una y otra vez hasta que la primera línea enemiga llegó frente a nuestro refugio. Eran hombres de mediana estatura, de tez aceitunada y ojos almendrados. En ellos reconocí a los descendientes de la antigua raza china.

Estaban bien uniformados y magníficamente armados, y lucharon con valentía y bajo una disciplina impecable. Estaba tan absorto en los emocionantes acontecimientos que transcurrían en la calle que no oí que se acercaba un grupo de hombres por detrás. Era un grupo de conquistadores que había entrado en el palacio y lo registraban.

Nos sorprendieron tan inesperadamente que nos hicieron prisioneros antes de darnos cuenta de lo sucedido. Esa noche nos mantuvieron bajo una fuerte guardia justo afuera de la muralla oriental de la ciudad, y a la mañana siguiente emprendimos una larga marcha hacia el este.

Nuestros captores no fueron crueles con nosotros y trataron a las prisioneras con respeto. Marchamos durante muchos días —tantos que perdí la cuenta— y finalmente llegamos a otra ciudad —una ciudad china esta vez— que se alza sobre el antiguo Moscú.

Es solo una pequeña ciudad fronteriza, pero está bien construida y bien conservada. Aquí se mantiene una gran fuerza militar, y también es la terminal del ferrocarril que cruza la China moderna hacia el Pacífico.

Había toda evidencia de una alta civilización en todo lo que vimos dentro de la ciudad, lo que, en relación con el trato humano que se había brindado a todos los prisioneros en la larga y agotadora marcha, me alentó a esperar que podría apelar a algún alto oficial aquí para recibir el trato que mi rango y nacimiento merecían.

Solo podíamos conversar con nuestros captores a través de intérpretes que hablaban chino y abisinio. Pero había muchos, y poco después de llegar a la ciudad, convencí a uno de ellos para que llevara un mensaje verbal al oficial que había comandado las tropas durante el regreso de Nueva Gondar, pidiéndole que me escuchara algún alto funcionario.

La respuesta a mi solicitud fue una citación para comparecer ante el oficial al que había dirigido mi apelación. Un sargento vino a buscarme junto con el intérprete, y logré obtener su permiso para que Victory me acompañara; nunca la había dejado sola con los prisioneros desde nuestra captura.

Para mi deleite, descubrí que el oficial ante quien nos condujeron hablaba abisinio con fluidez. Se quedó atónito cuando le dije que era panamericano. A diferencia de todos los demás con quienes había hablado desde mi llegada a Europa, él conocía bien la historia antigua; estaba familiarizado con las condiciones del siglo XX en Panamérica, y después de hacerme media docena de preguntas, quedó convencido de que decía la verdad.

Cuando le dije que Victoria era reina de Inglaterra, no mostró sorpresa alguna y me contó que en sus recientes exploraciones en la antigua Rusia habían encontrado muchos descendientes de la antigua nobleza y realeza.

Inmediatamente nos reservó una casa cómoda, nos proporcionó sirvientes y dinero y, de otras maneras, nos mostró toda clase de atenciones y bondades.

Me dijo que telegrafiaría a su emperador de inmediato, y el resultado fue que inmediatamente se nos ordenó dirigirnos a Pekín y presentarnos ante el gobernante.

Hicimos el viaje en un cómodo vagón de tren, a través de un país que, a medida que viajábamos hacia el este, mostraba cada vez más evidencia de prosperidad y riqueza.

En la corte imperial fuimos recibidos con gran amabilidad, pues el emperador se mostraba sumamente inquisitivo sobre el estado de la moderna Panamérica. Me comentó que, si bien personalmente deploraba la existencia de las estrictas regulaciones que habían erigido una barrera entre Oriente y Occidente, creía, al igual que sus predecesores, que el reconocimiento de los deseos de la gran federación panamericana sería sumamente propicio para la continuidad de la paz mundial.

Su imperio abarca toda Asia y las islas del Pacífico hasta los 175° O. El imperio japonés ya no existe, tras ser conquistado y absorbido por China hace más de cien años. Filipinas está bien administrada y constituye una de las colonias más progresistas del imperio chino.

El emperador me dijo que la construcción de este gran imperio y la difusión de la ilustración entre sus pueblos diversos y salvajes habían requerido los mejores esfuerzos durante casi doscientos años. Al ascender al trono, encontró la labor prácticamente perfeccionada y dedicó su atención a la recuperación de Europa.

Su ambición es arrebatársela de las manos de los negros, y luego intentar la obra de elevar a sus pueblos caídos al alto estado del que los precipitó la Gran Guerra.

Le pregunté quién había salido victorioso de aquella guerra y él meneó la cabeza con tristeza mientras respondía:

"Panamérica, quizás, y China, con los negros de Abisinia", dijo. "Quienes no lucharon fueron los únicos que cosecharon alguna de las recompensas que se supone corresponden a la victoria. Los combatientes no cosecharon nada más que la aniquilación. Usted ha visto, mejor que nadie, que no hubo victoria para ninguna nación envuelta en esa terrible guerra".

¿Cuándo terminó?, le pregunté.

Volvió a negar con la cabeza. «Aún no ha terminado. Nunca se ha declarado una paz formal en Europa. Después de un tiempo, no quedó nadie para hacer la paz, y las rudas tribus que surgieron de los supervivientes continuaron luchando entre sí porque no conocían una mejor condición social. La guerra arrasó las obras del hombre; la guerra y la peste arrasaron al hombre. ¡Que Dios quiera que nunca más haya una guerra como esta!»

Todos saben cómo Porfirio Johnson regresó a Panamérica con John Álvarez encadenado; cómo el juicio de Álvarez provocó una protesta popular que el gobierno no pudo ignorar. Su elocuente llamado —no por él, sino por mí— es histórico, al igual que sus resultados. Saben cómo se envió una flota a través del Atlántico para buscarme, cómo se eliminaron para siempre las restricciones que impedían cruzar de treinta a ciento setenta y cinco millas náuticas, y cómo los oficiales fueron llevados a Pekín, llegando el mismo día en que Victory y yo nos casamos en la corte imperial.

Mi regreso a Panamérica fue muy diferente de lo que podría haber imaginado un año antes. En lugar de ser recibido como un traidor a mi patria, fui aclamado como un héroe. Fue un placer regresar, un placer presenciar el trato amable que se le brindó a mi querida Victoria, y cuando supe que Delcarte y Taylor habían sido encontrados en la desembocadura del Rin y ya estaban de vuelta en Panamérica, mi alegría fue inagotable.

Y ahora regresamos, Victoria y yo, con los hombres, las municiones y el poder para reclamar Inglaterra para su reina. De nuevo cruzaré los treinta, ¡pero en qué condiciones tan diferentes!

Se inaugura una nueva época para Europa, con la China iluminada al este y la Panamérica iluminada al oeste: las dos grandes potencias de paz que Dios ha preservado para regenerar a una Europa escarmentada y perdonada. He pasado por mucho, he sufrido mucho, pero he ganado dos grandes coronas de laurel más allá de las treinta. Una es la oportunidad de rescatar a Europa de la barbarie, la otra es un poco bárbara, y la mayor de ellas es la Victoria.

Libros Mablaz

Ciencia Ficción y Fantasía

http://librosmablaz.com/

Libros Mablaz CLÁSICOS de Ciencia Ficción recuperados

LM
CLÁSICOS

http://librosmablaz.com/

Libros Mablaz

Narrativa — Relatos

/www.librosmablaz.com/